北京西郊故事集

徐则臣 著

北京出版集团公司
北京十月文艺出版社

"看,这就是北京。"

行健在屋顶上对着浩瀚的城市宏伟地一挥手,

"在这一带,你找不到比这更好的房子了。

爬上屋顶,你可以看见整个首都。"

目录

001　屋顶上

035　轮子是圆的

065　六耳猕猴

089　成人礼

111　看不见的城市

139　狗叫了一天

157　摩洛哥王子

187　如果大雪封门

213　兄弟

屋顶上

头正疼，我能感觉到脑袋里飞出一只明亮的鸟来。那鸟通体金属色，飞出我脑袋后翅膀越扇越大，在半下午的太阳底下发出银白的光。如果它往西飞，会看见民房、野地、光秃秃的五环和六环路，然后是西山，过了山头就不见了。如果它朝东飞，除了楼房就是马路，楼房像山，马路是峡谷，满满当当的水流是车辆和行人，在这只鸟看来，北京城大得没完没了，让人喘不过气来。它明晃晃地飞啊飞。

"出牌！"

我甩出一张梅花6，说："鸟。"

他们都拿大眼瞪我。

我赶快改口:"梅花6。"

"就是嘛,这就是像个鸡巴也不会像个鸟。"

我们坐在屋顶上玩"捉黑A",槐树的阴凉罩住四个人。行健、米箩、宝来和我。这一年,宝来二十岁,最大;我最小,刚过十七。我们住在海淀区郊外的一间平房里。整个夏天到秋天,大白天我们都在屋顶上玩扑克,捉黑A。这个牌简单易学,玩起来上瘾。一副扑克里只有一张黑桃A,抓到的人一声不吭,他是我们另外三个的共同敌人,败了,就得请我们抽烟喝啤酒;我们输了,三个人伺候他一个。但事实上一打三总是很吃亏,谁抓到黑桃A谁倒霉。从夏天到秋天,从我住进这间小平房,从跟着他们三个撅着屁股爬上屋顶坐到槐树荫下,黑桃A就非宝来莫属。奇了怪了,这张牌长了眼似的每局都直奔他去。一百回中至少有九十五回。到最后,抓完牌我们干脆就说:

"宝来,让我们看看你的黑桃A。"

他顺从地抽出来给我们看:"在呢。"

几乎不出意外,他又输了。我把赢到的那根中南海烟和那杯燕京牌啤酒推到他跟前,说:"宝来哥,给他们。"

我都有点儿心疼他了。我不抽烟也不喝酒，嘴里叼根烟手里攥杯酒让我难为情。我刚十七岁，夏天开始的时候来到北京。退学了。看不进去书，我头疼。医生把这病称作"神经衰弱"，他轻描淡写地开了药：安神补脑液，维磷补汁。脑袋发紧或者头疼时就喝一口。后者装在一个类似敌敌畏的瓶子里，每次打开瓶盖我都在想，这是毒药。疗效可以忽略不计。每到下午四五点钟，我站在高二年级的教学楼上面对夕阳，依然莫名其妙地恐慌，整个世界充满了我剧烈的心跳声，每一根血管都在打鼓。医生称之为"心悸"。好吧，可是我为什么要心悸？脑袋里如同装了圈紧箍咒，一看书就发紧，然后就疼，晚上睡不着，早上不愿起。即便入睡了也仅是浮在睡眠的表层，蚊子打个喷嚏就能把我吵醒。我常常看见另外一个自己立在集体宿舍的床边看着我，而此刻宿舍里的另外七个同学正痛快地打呼噜、磨牙、说梦话和放屁。医生说，跑步。跑步可以提高神经兴奋性，知道吗，你的神经因为过度紧张像松紧带一样失去了弹性，你要锻炼锻炼锻炼，让神经恢复弹性。可是，我不能半夜爬起来跑步啊。

可是，医生还是说：跑步。我就卷起铺盖回家了，这书念不下去了。我跟爸妈说,打死我也不念了。他们和我一样对这诡异的毛病充满怀疑。我爸围着我脑袋转圈,右手举起来,大拇指和食指紧张地靠拢,他希望一发现某根明亮的金属丝就及时地将它抓住,从我头脑里拽出来。不能让它跑了,狗日的你到底在哪里。什么都没找到。什么都没找到,我爸一屁股坐在四条腿长短不齐的旧藤椅上,语重心长地跟我妈说:

"闲着也是闲着,让他跟三万去北京吧。兴许能挣两瓶酒钱。"

我妈说:"他才十七啊。"

"十七怎么了?我爹十七岁已经有我了!"

我就跟三万来了北京。洪三万,我姑父,在北京办假证,看他每次回老家的穿戴和叼的烟,就知道发大了。他只抽中南海点8的烟。见了乡亲们慷慨地一撒一排子,都尝尝,国家领导人就抽这个。给我爸都给两根,一根抽,一根夹到耳朵上,让他没事摸出来闻闻。我和行健、米箩、宝来住一块儿,就这间平房,每月两百四十块钱租金,两张高低床。四个人干一样的活儿,晚上出门到大街上打小广告,就是拿支粗墨水笔,在干净显眼的地方写一句话:

刻章办证请联系××××××。×××是传呼机号码。行健和米箩给陈兴多干，我和宝来给我姑父干，我们俩写的传呼机号当然就是洪三万的。有时候我们不用笔写，而是一手拿吸满墨水的海绵，一手拿用生山芋或者大白萝卜刻的章，抹一下海绵盖一个印，比写快多了。印是我刻的，就是那句话，不算好看但是打眼就明白。

只能晚上干活儿，怕抓。城管和警察小眼滴溜溜乱转，见一个抓一个。后半夜他们就睡了，就算繁华的中关村大街后半夜也没几个醒着的，我们俩就在墙上、公交车站牌上、天桥上、台阶上甚至马路上放心大胆地写字，盖印章。环卫工人擦掉了我们再写，野火烧不尽春风吹又生。想刻章和办证的人就会按图索骥找到洪三万，洪三万再找专业人员来做。他到底能挣多少钱，搞不清楚，反正他给我们的工资是每月五百。宝来说，不错了兄弟，每天半夜出来遛一圈，就当逛街了，还有钱拿。他很知足。我也很开心，不是因为有钱，而是因为我喜欢夜里。后半夜安静，尘埃也落下来，马路如同静止的河床，北京变大了。夜间的北京前所未有地空旷，在柔和的路灯下像一个巨大而又空旷的梦境。自从神经衰弱了以后，我的梦浅尝辄止，像北京白天的交通一样拥挤，支离破碎，如果能做一个宽阔安宁的梦，我怀疑我能乐醒了。

白天我们睡觉，从清早睡到下午。为了能顺利入睡，后半夜我在打小广告的间隙强迫自己上蹿下跳，利用一切机会跑来跑去。如果你碰巧也在那时候走在北京的后半夜里，没准会看见一个头发支棱着的瘦高小伙子像个多动症患者一样出没在京城的大街小巷。对，那家伙就是我。旁边长得敦实的矮一点的是宝来，他的动作缓慢，可能你会觉得他有点傻，其实不是，我拿我的神经衰弱向你保证，宝来哥一点都不傻，他只是心眼儿实在，用你们的话说是"善良"。他是我在北京见到的最好的好人。

行健和米箩坚持认为他有点不够用，从不叫他哥，平房里的杂事都让他干。扫地，倒垃圾，切西瓜，开啤酒瓶，如果晚饭可以代吃，他们可能也会让他做。当然这些事根本不用他们支使，宝来已经提前动手了，他觉得他最大，理应照顾好我们三个。比如现在，我们在床上还没睁开眼，他已经下床把小饭桌和四张小板凳搬到了屋顶上。离太阳落山还早，我们唯一的娱乐就是打牌，捉黑A。

在我来之前，他们三个爬到屋顶上不是为了捉黑A，而是看女人。站得高才能看得远，经过巷子里的女人可以迎面看见她们的脸和乳房，等她们走过去他们也跟着转身，继续看她们的腿和屁股。待在屋顶上也凉快，老槐树的树荫巨大，风吹来吹去。我来以后，四个人正好凑一个牌局。我喜欢屋顶上还因为视野开阔，医生说，登高望远开阔心胸，对神经好。挤在小屋里我觉得憋得慌。而且不远就是高楼，还有比高楼更高的高楼，我想站得高一点，那样感觉好像好了一点点，虽然再怎么踮脚伸脖子也很矮。

打牌的时候我不吭声，话说多了头疼。宝来话也少，他总是皱着眉头像哲学家一样思考，但想得再多也没用，黑桃A到了他那必输无疑。他从不遮掩黑桃A，没必要，行健和米箩一对眼就知道那张牌在谁手里。我也藏不住，如果不幸被我抓到了，我会觉得脑袋一圈圈发紧，忍不住就用中指的第二个指关节敲脑门。宝来出牌慢，行健和米箩就聊女人，他们俩分别大我两岁和一岁，但举手投足在我看来都是风月场上的老手做派，对女人身体部分的熟悉程度简直到了科学的高度。如果哪天他们俩后半夜没去打小广告，一定是去某个地下录像厅看夜场了。在遇到他们之前，我以为世界上最黄的电影就是三级片，他们说，没见过世面,是A片!A片知道吗?就是毛片!说真的,我不知道。他们就笑话我,更笑话宝来,准备凑点钱帮我们找个卖青菜的大婶,帮我们"破处"。

我把头低下来,太阳穴开始跳,想起初三时喜欢过的那个女同学。她从南方的某个地方转到我们班上,高鼻梁,说话总喜欢用牙咬住舌尖。她说的是区别于我们任何一个人的咬着舌尖的普通话。有一天,正是现在这个季节,她学我把运动衫的袖子捋起来,双手插进裤兜,走在教室后面半下午的阳光里。因为裤兜里多了两只手,裤子变紧,女孩子的圆屁股现出了形状。我站在教室里,隔着窗户看见她扭头对我笑一下,阳光给她的屁股镶了一道金边。这是我关于爱情和女人的最早记忆,以至此后每次面临与爱情和女人有关的话题,我头脑里都会闪过迅速剪切的两个画面,一个高挺的鼻子和一个镶着金边的没能充分饱满起来的圆屁股,接着我会感到一道灼热短促的心痛,太阳穴开始跳,我把头低下来。

上个月的某个下午,在屋顶上注视完一个穿短裙的女孩穿过巷子之后,米箩逼着我讲一讲"女人"。因为实在不知道讲什么,我说起两年前的那个女同学,念高中我们进了不同学校,再不联系。行健和米箩快笑翻了,差点从屋顶上摔下去。

"这也叫女人?"他们说,"肉!肉!"

在他们俩看来,如果你不能迅速想到"肉",那你离"女人"就很远。我知道我离得很远,我都没想过要离她们近一点。我只想离我的脑袋近一点,但它决意离我很远,疼起来不像是我的。

"那你呢,宝来?"行健问。

"脸。"宝来捧着一把牌说。抓到黑桃A后,我们就三面围剿让他走不掉牌。"我要看见她的脸才相信。"

这话很费解,没头没脑。看见脸你要相信啥呢?宝来不解释。我们就当他在瞎说。一个屡战屡败的人你应该允许他偶尔说点逻辑之外的话。那局牌宝来显然输了,我想放他一马都没机会,米箩先走,行健殿后,他让我走后他再走,以便死死控制住宝来。宝来输了八张牌。加上之前的四局,除了脚边的三个空啤酒瓶,他还得献出来三瓶燕京啤酒和一盒中南海烟,点8的。

"我去买酒。"宝来放下牌。

"不着急,玩完了一块算。"行健没尽兴。

"行健,说真话,"米箩跟酒瓶嘴对嘴,说,"明天下午一醒来,你有钱了,想干啥?"

"操,买套大房子,娶个比我大九岁的老婆,天天赖床上。"

"非得大九岁?"我很奇怪。

"嫩了吧?"米箩说,"小丫头没意思。得女人,要啥懂啥。"

"我就喜欢二十八的。二十八,听着我都激动。耶!耶!"

"我要有钱,房子老婆当然都得有。还有,出门就打车,上厕所都打车。然后找一帮人,像你们,半夜三更给我打广告去。我他妈要比陈兴多还有钱!"

"那么多钱了,还舍不得自己买一辆车?"我问。

"你不知道我转向?上三环就晕,去房山我能开到平谷去。"

"你呢,宝来?"米箩用酒瓶子敲宝来的膝盖。

"我?"宝来撇撇嘴笑笑,提着裤子站起来,"我还是去买酒吧。"

"说完再买嘛。"

"很快就回,"宝来看看手表,"你们抽根烟的工夫。"

"那你呢,小东西?"行健点着右手食指问我,"假设,你有五十万。"

五十万。我确信这就是传说中的天文数字。我真不知道怎么花。我会给六十岁的爷爷奶奶盖个新房子,让他们颐养天年?给我爸买一车皮中南海点8的烟?把我妈的龋齿换成最好的烤瓷假牙,然后把每一根提前白了的头发都染黑?至于我自己,如果谁能把我的神经衰弱治好,剩下的所有钱都归他。

"说呀,小东西?"他们俩催着问,"要不把你那个女同学买回家?"

高鼻梁和圆屁股。我心疼了一下,说:"我跟宝来哥买酒去。"追着宝来下了屋顶。

行健和米箩说:"操丫的,没劲!"

他们比我早来半年,学会了几句北京脏话。

最近的小卖铺在西边,宝来往东边跑。我问他是不是也转向,他说快点,带你跑步呢,跑步能治神经衰弱。我就跟着跑。穿过一条巷子,再拐一个弯,宝来在"花川广场"前慢下来。这是家酒吧，装潢不伦不类，藏式、欧式加上卡通和稻草人式，门口旋转的灯柱猛一看以为是理发店。我进去过一次，我姑父洪三万请客，给我要了一杯啤酒。他说不进一回酒吧等于没来过大城市，不喝酒等于没泡过酒吧。啤酒味道一般，即使在酒吧里我也喝不出好来。出了门洪三万就给我姑姑和我爸打电话，敞开嗓门说，逛了酒吧了，喝了酒了，相当好。

宝来看完自己的手表问我："六点到没？"

我说："差一分。"

"那再跑几步。"

我跟着宝来继续往前跑，绕过一条街回来。跑步很管用，紧得发疼的脑袋舒服多了。我们又回到"花川广场"门前。

"现在几点？"

"六点零九分。"

"我喘口气。"

宝来在酒吧斜对面的电线杆子下的碎砖头上坐下。胖人多半爱出汗，有点胖也不行。宝来对着下巴呼呼扇风。电线杆子上贴满了治疗性病、狐臭、白癜风、梦游和前列腺炎的广告，所有野医生都说自己祖上是宫廷御医。能看的我全都看完了，六点二十，我想咱们得去买啤酒了。宝来说好，继续往西走，他坚持要到西边那个超市买，理由是现在离超市更近。简直是睁眼说瞎话，至少多走三百五十米。从超市出来我们再次经过酒吧门口，我忍不住了：

"哥，我怎么觉得咱俩像两只推磨虫，老围着'广场'打转？"

"我就看看。"宝来热得脸红，"你猜我挣大钱了要干什么？"

我摇摇头。这些年除了考大学我对任何目标都没有概念。

"开一个酒吧，花川广场这样的。墙上可以写字，想写什么写什么。"

这么一说我倒想起来了，"花川广场"的墙上乱七八糟，涂满了各种颜色的文字和画。这是我进过的唯一一家酒吧，但我看过不少酒吧，电视上的，电影上的，墙上都挂着画和饰物，装潢得干净整洁。上次我和洪三万贴着墙坐，一歪头看见壁纸上写着：老H，再不还钱干了你老婆！

接下来另一个笔迹答道:去吧,我刚娶了一头长白山约克猪。斜上方写:哥们儿姐们儿,想喝羊肉汤找我啊,我是小桌子啊。反正上面五花八门啥都有,还有人画连在一起的男女器官,你在公共厕所里经常看见的那种。我不喜欢把一面墙搞成乱糟糟的演算纸。

回到屋顶,我把宝来的理想告诉行健和米箩,他们都笑了。

"可以啊,宝来,"行健说,"准备过首都生活了都!"

米箩说:"兄弟,我举双脚赞同。不过,咱们去喝酒可不能要钱啊。还有,我要在墙上画一堆大白屁股。"

"还有人民币!人民币别忘了!只画老人头,一沓就是一万。"

接着捉黑A。见了鬼,宝来每局必来黑桃A,然后给我们倒酒递烟。喝酒抽烟嘴也不闲着,就说宝来要开酒吧的事,好像已成定局。说多了我们反倒佩服起宝来的想象力来,这事做得文雅,我们都把想象中的钱用俗了。

行健突然说:"我说宝来,你哪根筋搭对了要开个酒吧?"

"图个人多热闹，玩呗。"

米箩说："那你也没必要让人家在墙上乱画嘛。"

"等不到的，找不到的，留着地址啥的，就当通讯录了。挺好。"

原来如此。北京太大，走丢的人很多，留个地址很重要。想法的确不错，都不像宝来想出来的，我们都小看了他。显然宝来把谈话的基调弄严肃了，行健和米箩不谈女人和钱了，端着赢来的啤酒在屋顶上走来走去，目光深沉地伸向远方。太阳落尽，天色将暗，高楼在远处黑下来，很快又亮了，由远及近灯火次第点亮。北京的夜晚开始降临，城市显得更加繁华，他们俩开始焦虑了。除了女人的大腿和抽象的钱他们还想别的，我完全可以理解，他们在心底里把这"别的"称为"事业"。当然这个词有点大，他们羞于出口。据我了解，行健和米箩尽管一肚弯弯绕绕，他们依然不明白自己的事业是什么，不过是一个抽象的宏大愿望和一腔"干大事"的豪情，这两个初中毕业生并不比我明白更多。但就算是这样，脱胎换骨和"干大事"的冲动也足以让他们深沉下来，就像现在，一手掐腰一手端着啤酒，嘴上叼着烟，都有点忧伤了。

"操他妈,早晚我要在亮灯的那栋楼上拿下一层!"米箩说,指着远处的不知哪栋高楼,那口气像是联合国秘书长在对全世界发言。

"混不好,死在这里也值!"这是行健说的。在我看来,行健的头脑没有米箩好使,米箩平时附和他仅仅是因为他块头更大,宽肩膀没准能替他挡点事。

天彻底黑了,巷子里的路灯光不足以让我们看清每一张扑克牌。成群的鸽子开始回家,鸽哨呈环形响起来,混浊的夜空因为鸽哨变得清澈和深远。我们也该吃点东西准备干活儿了。

我拿着山芋印和萝卜印,宝来拎着墨水和一块海绵,我们再次经过"花川广场"。看见那个理发店式的旋转灯箱我才意识到,近一个月来我们每天都从这里经过。之前走的那条路上有驴肉火烧店和羊肉泡馍店,吃完了走几步就是公交车站,随便搭上一辆就可以进市区。宝来还是个一声不吭的有心人,我都打算好好佩服他一下了,第二天发现完全不是这么回事。

快六点钟,他又从屋顶上下来去买啤酒,我主动跟上，为的是活动一下我脆弱的神经。我被迫对跑步上了瘾。我们气喘吁吁地跑过"花川广场"，他慢下来，人往前跑脑袋往后转，几乎转过了三百六十度，他透过玻璃墙往酒吧里面看。买完啤酒回来，他还看，跑过了酒吧他停下来，抹着汗珠问我：

"你看见靠墙趴着的那人是长头发还是短头发？"

"哪一个？"

"就是靠着门右边玻璃墙的那个。"

我还是没印象。我就没朝里看。

"帮我看看，就看头发长短。"

我走回去，果然看见一个女孩歪着头趴在桌上，看不见脸，甚至头发的长短一下子都辨不清楚。酒吧里乱糟糟的，传出来摇滚音乐和男男女女惊乍的叫声。她可能睡着了，一动不动。我在电线杆子底下捡了块小石子，控制好力度抛向玻璃墙，那女孩转一下脑袋。长发，至少不算短。我告诉宝来。宝来说哦，因为失望脸陡然变长了。

"你在找人？"我问。

"她短发。"

"谁？"

"不认识。"

"不认识你找人家干吗？"

"要买四瓶的，怎么只拎回来三瓶？"

神经衰弱再厉害我也明白宝来有问题了，竟然喜欢上一个不认识的女孩。我想笑，最后终于没忍住笑出来。我说你开酒吧就伺候一个人啊？

"别笑，"宝来脸都红了，"别跟行健和米箩说。一点儿口风都不能漏。"

"那你得说实话。"

宝来呱唧几下嘴，替哥保密啊。他也不敢肯定那就是喜欢，反正看见她第一眼，他听见身体里有根软骨咯嘣响了一声，就像小匕首入了鞘。你看见一个人发呆时会突然心疼和难过吗？宝来停下来问我。我晃一晃酒瓶子示意他继续讲。三十天前的一个下午，大概就现在这个时间，他在酒吧斜对面的报亭里给我姑父回电话，一扭头看见靠玻璃窗的座位上坐着一个短头发的女孩。那个下巴有点尖的女孩在腰杆挺直地发呆，面前是一瓶啤酒，啤酒瓶旁边是一杯带吸管的红色饮料，可能是西瓜汁，也可能不是。那是纯正的像雕塑一样的发呆，从她空洞的眼神里宝来可以断定她什么都没看见。她就那么挺直地坐着，像听课一样。宝来无端地觉得她很难过，她的坐姿证明了这一点，她皮肤白得单薄。宝来就听见了自己身体里传来咯嘣一声，像小匕首入了鞘，心疼了一下。除了这一下心疼和因为听电话走神被我姑父训了两句，这事到此为止。

即使隔天第二次打电话时看见她，他也不认为会和自己有什么关系。不过是小匕首又入了回鞘。到第三次，因为下雨，他去大超市帮我们买雨伞，又看见她。这次我记得，我们在屋子里打牌打累了，想出去吃饭又没有伞，打小广告时经常顺手丢了雨伞，行健和米箩说今天就不输烟和酒了，跑个腿吧，买雨伞。宝来经过酒吧，那女孩换了一件金黄色的衣服坐在同一个位置。他莫名其妙地又难过了一下，照理说金黄色衣服配白皮肤，衬得人欢欣和精神，为什么偏偏穿在她身上就显得忧伤呢。那天她的腰杆没那么直，发呆的方向也发生了变化，扭着身子透过玻璃往雨地里看。穿过雨帘和布上水汽的玻璃墙，宝来看见她用右手食指和中指夹着一根细长的白色香烟。她把眼前的那一块水汽擦得很干净，宝来在经过她的一瞬间撞上了她的眼神。宝来当时的感觉是，正打小广告时看见了警察，脚下一哆嗦差点倒在雨地里。

此后宝来留了心。说不明白为什么,一到下午六点他就觉得身上藏了把小匕首,得让它入鞘;就像我在四五点钟准时心悸一样。他从屋顶上下来,找各种借口,一溜小跑过来看看,仅仅是看看。那女孩真是个好顾客,六点左右基本都坐在玻璃墙前,一个人。她交替着做相同的事,发呆,抽烟,喝酒,喝饮料,腰杆挺直或者稍稍有点弯,个别时候也会趴在桌上,不知道睡没睡着。

怪不得我头一疼他就带我跑步,也不单是为了我好啊。掐指一算,我跟他围着酒吧至少跑了十次。我也就是个头脑出了问题的灯泡。

"然后呢?"

"你都知道了,她已经三天没来了。"

"她认识你了?"

"不知道。"

我又笑起来,我的哥呀,你还不如行健那样没事想象一个二十 八岁的女人更靠谱。我敢说,要是我把这事跟他们俩讲了,宝来不仅是个傻子,还得是个疯子。一见钟情我听说过,但隔着道玻璃一见钟情我还是头一回听说。宝来哥啊。

"我没想怎么样,"宝来的脸都紫了,"真的。我就有点担心她。"

好吧,反正吃饱饭也没事干,你就瞎操心吧。可是,这心也操不上啊。我倒想见见那女孩了,得多忧郁和悲伤的姑娘才能让宝来如此放心不下。

一连十天,我顶着神经衰弱和巨大的好奇跟宝来围着"花川广场"长跑。跑步对头疼和头紧疗效甚好,但对好奇毫无帮助,那女孩就没露过面。如果碰巧那位置上坐了一个年轻女孩,即使宝来已经确信不是,依然要让我再去验证一下,他不放心。这一天我跑得浑身大汗,头脑异常清明,不得不怀疑世上是否真有那么一个宝来正操心的人。

"有,真有,她就坐坐在那个位位子子上,"宝来恨不得把嘴咧开来证明此言不虚,但他手指的地方此刻坐着的是一个留着长头发的男人,"你你也不相信信我?"

看在都结巴了的分上,我决定再坚持几天。反正看到看不到她我都得跑步。

一晃又是五天,啥也没看到。我决定跑步只为了治疗神经衰弱,我就不该对这世界充满好奇。宝来因为大运动量变瘦了,脸皮有点泄,看起来日甚一日地绝望。他安慰他自己和我,她没出现说明一切都好,这是好消息。我出于习惯反驳他:为什么就不可能是个坏消息呢?他立马有点蒙,揪着肥厚的大耳垂拼命拽。他的大耳垂一直是我爸妈羡慕的对象,我妈想起来就跟我说,你要有宝来那么大的耳垂就好了。耳垂大有福,佛祖都耳大垂肩。我怀疑宝来的耳垂是拽大的,我要这么拽法,不会比他的小。宝来扶着电线杆子拽了有十分钟,终于一咬牙一跺脚,对我说:

"哥求你件事,帮我进去问问,那女孩是不是出事了。"

我?愣头青似的跑进去,我问谁呀我?人家还以为我有毛病了!

"哥就求你这一回。过年回家哥帮你买火车票,半夜就去排队!"

这个条件貌似不错。春节附近你想在北京买到张火车票,难度不亚于考北大的研究生。这是一个想办假北大硕士毕业证的哥们儿说的。我推开门进了酒吧，径直走向吧台。服务员小姐问我喝什么，我说找人，指着玻璃墙旁边的那个座位问她，我想知道经常坐在那里的短头发的女孩去哪里了。

"她呀，不清楚，好久没来了。您是她朋友？"

"哦，那谢谢了。"

我出了酒吧。宝来说："你问出她叫什么名字了吗？"

"你没让我问这个。"

"再问问。哥一会儿请你吃肯德基。"

我又进去。服务员小姐也不知道那女孩叫什么，他们从来不登记顾客姓名。我转身要走，她提醒我到那座位旁边的墙纸上看看，没准有收获。我凑过去，越过一个三十多岁的光头男人肥厚的肩膀看到与玻璃墙相接的墙纸上有两行女孩子纤弱的笔迹：如果你天黑也不想回家，告我一声。署名"立正坐好"，后面是拷机号码。我问服务员小姐，是"立正坐好"吗？她说可能是。借了纸笔让我抄下了号码。

宝来拿到纸条，信誓旦旦地说一定是她。是因为她总是挺直腰杆坐好，而且总是天快黑时才跑出来？如果宝来不是直觉很好，那就一定是他头脑混乱。不管他了，赶快去肯德基。

"立正坐好"的拷机号码宝来一天到晚装身上，其实没用，他不敢呼叫这个号。我怂恿过很多次，我说你在电话里说你天黑也不愿回家不就行了？还是不敢。有一次电话都拿起来了，他却像得了帕金森似的直哆嗦，按了两个数字赶紧挂电话。汗都憋出来了。还有一回我主动要求帮他呼，帮他出力还得鼓励他半天，快拨完号时他还是生生地摁了电话。为此宝来也很受折磨，见不到人又不敢联系。从那以后我们依然每天经过酒吧，依然每次都看不到，简直是人间蒸发。

长此以往，宝来傻倒不会傻，可能会疯。我转而打击他，先断了他的念想再说。人家没准是北京女孩，哪个北京姑娘会嫁给一个外地穷小子？还是干这行的。别惦记了。宝来犯了错误一样低下头，支吾说他没想怎么着，就是担心，他觉得人家状态不对。我说你可真是咸吃萝卜淡操心，我还觉得你状态不对呢。他就说，你还小，不懂。好吧，这些狗屁逻辑，我懒得懂。

生活继续。我们打小广告、捉黑A、跑步，像推磨虫一样围着酒吧打转。又一个月，傍晚我们跑步经过酒吧，宝来瘦多了，我的神经也一点点强壮起来，他忽然说：

"我呼了。"

我没听明白。

"我呼了她的拷机。"

我等他的结果。

"停机。"

我站住，扶着电线杆子直喘气，有种猝不及防的失重感。尽管不再说起"立正坐好"，尽管那张纸条装在宝来身上，我却觉得我的口袋里越来越沉，绕着酒吧跑一圈它就加重一分，把我的腰也坠弯了。我们的生活单调乏味，除了警察、钱、抽象的奋斗和野心以及逐渐加剧的乡愁，"立正坐好"是我们生活中最重大的事，宝来和我的。我看着宝来因为担忧、挂念和锻炼从一个胖子变成了结实的瘦子，看着和我一起出没于北京大街小巷的善良哥哥在转过头去的一瞬间忧郁爬上了他的脸，我都觉得那个已经不存在的"立正坐好"如此严重地每日如影随形。我没见过的人，一个宝来也只隔着玻璃看过几次的人，能重要到这

个程度吗?看来可以,我必须扶住电线杆子才能确保身体平衡。我说:

"宝来哥。"

他咧咧嘴,还不如不笑。"没事,再跑一圈。头疼好点了?"

于是不再提。我还是个神经衰弱患者,宝来还是个傻呵呵的哥,干活儿、睡觉、打牌、纸上谈兵地说梦想和女人,我们越跑越快。

深秋的下午,天已经有点凉了,满城的黄叶开始飘落。起床后我们爬上屋顶刚开始打牌,拷机响了,是我家里的号。我妈想我的时候就会呼我。我扔掉扑克牌去报亭找公用电话。和我妈说到一半,我匆忙挂了电话。一个短头发的女孩腰杆挺直地坐在玻璃墙内抽烟,就那个位置,脸侧转向外,眼神缥缈得像刚吐出来的烟雾。我一点都没怀疑她就是"立正坐好",来不及等报亭老板找我零钱就往住处跑。远远地,我就朝屋顶喊:

"宝来哥,下来!宝来哥,快下来!"

宝来不敢确定我是否看对了人,但还是跟我一起往酒吧方向跑。刚进那条街,我就看见三个穿一身牛仔衣的男人把那个女孩从酒吧里拽出来,其中一个光头,一个板寸,一个梳着中分的汉奸头。女孩显然不愿跟他们走,身体一个劲儿地往后坐,一只手抓住酒吧门不放。光头个头不高,但很强壮,攥着女孩的手腕疼得她不得不把手松开。我们跑到酒吧门口,那女孩已经被架着拖离了酒吧门,两只脚垂在地上,脚尖紧绷企图钩住地面。两只脚划过,破损的柏油路面上什么痕迹都没留下。

女孩在叫:"我不去!放开我!求求你们了,我不想去!"

没人理她。酒吧里门关上后,什么声音都听不见,谁也没有出来。宝来对着他们喊:"放手!你们放手!"他跑得没我快,但最后冲在了我前面,冲上去就去拉板寸的胳膊。"放开她,你们不能欺负一个女的!"我抓住了汉奸头的胳膊,被他一胳膊肘撞到了下巴,摔倒在地上。宝来已经拉开了板寸的手,但是他们三个人,对付我们俩绰绰有余。那女孩吓得抱着脑袋蹲在地上大哭,逃跑都忘了。我从地上爬起来,宝来已经被板寸和光头扔到了地上。

"跑啊,快跑!"宝来喊。

女孩没动静,我也没动静,我有点回不过来神,长这么大从来没有打过这种架。

"跑!快跑!"宝来又喊,"叫行健和米箩!"喊到最后声音都变了,出不来,他的后背上踩着两个人的脚。我想上去帮他,被汉奸头绊了一跤,下嘴唇磕到了路上。

"快跑!"

我爬起来才开始跑。汉奸头根本追不上我,我觉得我越跑越快,秋风从腋下穿过如同长出了两扇翅膀。跑的时候我甚至有些得意,我可以越跑越快,越跑越快,越跑越快,只有脚尖点地,身体轻盈得像在使用《天龙八部》里的凌波微步。我想这可能是我这辈子跑得最快的一次。我用最快的速度把行健和米箩叫过来,他们每人手里拎着一张小板凳,一路骂骂咧咧,说我们可以挣不到钱,可以过不上好日子,但我们不可以被欺负。尽管快得要飞起来,还是晚了,我们跑到酒吧门口,只看见宝来一个人歪倒在电线杆子下面。三个人和那女孩已经没影了。宝来的额头在往下流血,他们一定拿他的脑袋撞过电线杆,一张治疗十二指肠溃疡的广告上染了一团血。

我抱起宝来的脑袋,叫宝来哥宝来哥,我就哭了。行健和米箩很遗憾没能打上一架,一边一个坐在小板凳上看着我们。我对他们吼：

"猪啊你们？打电话叫救护车啊！"

他们俩大眼瞪小眼："救护车？怎么叫？"

"120！"

街上一个人没有。酒吧的门关着，我看不见里面有多少人，没有一个人出来。

宝来缓慢地睁开眼，扯动一下嘴角说："是她吗？"然后眼睛又闭上了。

这是宝来作为清醒的正常人说的最后一句话，也可能是他这辈子作为清醒的正常人说的最后一句话。

医院的诊断结果是，严重脑震荡，脑子里的某些东西完全被撞乱了。也许可以治好，但要花很多钱，基本上是个无底洞。宝来父母来了北京，老两口说就是把人卖了也凑不出医生要的那个数。我姑父洪三万给了一万，那时候一万不是个小数目。我姑父出了病房就哭，疼得揪心，见人就说我挣这点钱容易吗，又不是工伤。宝来父母这辈子一次性见过的最大的钱也就是这一万块，他们没什么好说的。那三个人没抓到，那女孩也没找到。我前前后后录了好几次口供，想起任何一点细节我都告诉警察。一个年轻的男警察对那女孩很好奇，问我是否肯定她就是"立正坐好"。我想起宝来在电线杆子下说的最后也是唯一的那句话，我绝望地摇摇头。此后的很多年里，我做梦都希望自己能够肯定。

凶手没抓到。这样的案子几乎从来破不了。治疗一段时间后，宝来被接回花街老家。一天有三分之二的时间昏昏沉沉，最清醒的时候脖子底下也得围一块毛巾，口水从歪斜的嘴角源源不断地流下来。

宝来的事情让我们沉默了很长时间。那一天树叶光秃，枝头一丝风都没有，初冬的阳光无边无际。下午起来后米箩陡然有了兴致，一个人上去下来好几趟，把屋顶扫了，桌子和板凳都搬上去，收拾停当让我和行健一起捉黑A。每个人都想把气氛调动起来，但几句话之后复又沉默着抓牌了。满手的扑克牌，一张张往外出，谁都不知道黑桃A去了哪一家。没了宝来，猜不出来了。一直打下去，直到所有牌都出完了都没看见黑桃A。

"怎么会呢？"米箩嘟囔着，"我数过牌了，一张不少，明明看见黑桃A的。"

三个人一起找，桌子底下、板凳底下、衣服兜里、屋顶上，所有地方都找了，就是没找到黑桃A。见了鬼了。行健和米箩狐疑地看我。我双手一摊，哗的泪流满面，好像我等这些眼泪已经等了很久了。我决定立刻下去给家里打电话。

　　还在酒吧斜对面的那家报亭，阳光晒得报纸和杂志的页角卷起来。我对着电话说："我想回去念书。"

　　我妈说："头还疼吗？"

　　"疼。"

　　我听见我妈对我爸说："儿子还想念书。"

　　我爸说："头疼念啥书！"

　　"我可以跑步，一天跑三次。"我说，依然是泪流满面，"我不想待这里了，一天都不想待了！"

　　我妈说："儿子，那就回来。"然后她对我爸说，"我说回就回，那可是咱亲儿子。"

　　我爸接过电话说："说好了，要念就念到底。"

　　我说："我念到底。"

　　　　　　　　　　　2010年4月3日，知春里

轮子是圆的

这世上的所有事情，咸明亮都可以用一句话打发：轮子是圆的。轮子是圆的，所以别管了。只能那样了，轮子是圆的嘛。好，没问题，就那么来，因为轮子是圆的。随便你们怎么办，反正轮子是圆的。你说那轮子？修好了，轮子总归是圆的。

——不必再举例了，他言必称"轮子是圆的"，已经成了口头禅，就像有些人开口之前要慢悠悠地"呃——"一声一样，不管需要不需要，大多数时候没有实际意义。轮子。轮子。轮子轮子。因为他是个开车的。

我认识咸明亮的时候，他就是个司机。那时候，花街上的男人多半不跑车就跑船，包括倒插门来的。二十四岁那年，他从运河下游的鹤顶倒插门进花街，做船老大黄增宝的上门女婿。老黄的女儿嫁过人，有个两岁的女儿，丈夫跟老黄跑船时死了。死得莫名其妙，就站在船头抽烟，老黄喊他进仓吃饭，他扭了一下头，就像根木棍似的斜斜地落进水里，捞上来已经没气了。这个丈夫也是倒插门来的，老黄对他很好，准备干不动了就把船交给他。但他命薄，一百七十斤的大块头扭个头就死了，都不商量一下。老黄独女，非得招个上门的传宗接代，他一辈子挣下的那条船也得传下去，给别人他不放心。咸明亮来花街是学车的，整天跟在老司机陈子归屁股后头，跑长途的时候他来开，让陈子归歪到副驾座上打瞌睡。他喜欢一个人操控解放牌大卡车的好感觉。

咸明亮不开车时整个人晃晃荡荡，手插口袋像个害羞的二流子。一年到头穿着同一样式的黑色太子裤，屁股肥大，裤腿到小腿处突然收紧，他又喜欢把裤子吊在胯上，所以我总觉得他的裤子随时可能掉下来，见到了就想帮他提一下。他跟花街上所有人都打招呼，跟每个小孩都问同样的问题："喂，小伙子，知道轮子是圆的吗？"单调的游戏他也能玩得上了瘾。如果知道,他就给你一块糖;如果不知道,他也给你一块糖。那天他在花街上和老黄的两岁孙女玩,拿一块糖问那孩子轮子是扁的还是圆的,从东边来了一个算命先生。

那些年常有算命先生走乡串户地挣钱,听说瞎子最灵验,但那天来的不是瞎子,他会算,会摸骨,还会看面相和手相,所以不能是瞎子。四周立马围了一大圈人,花街上忙人多,闲人更多。为了证明自己灵验,算命先生捏着山羊胡子(好像所有算命先生都留这一款胡子),随口就点出面前几位的身世。孟弯弯,一脸五谷相,应该是个卖米的。蓝麻子,虽然脸上不太平,那眼神和笑平和软弱,可能是个做豆腐的。冯半夜,那一脸杀气,握拳时候有爆发力,肯定是屠夫。丹凤,他看了看丹凤,措辞半天才说,以后一定能找到靠得住的男人。他已经看出来丹凤是个半夜开门做男人生意的那种女人。

花街上走南闯北的人很多,有人知道不少算命先生其实没半点儿道行,不过是提前通过某种途径打听到此地一些人物关系,然后复述出来做个障眼法而已。取信之后就可以顺嘴瞎蒙,上天入地乱扯,钱就全来了。所以有人就指着咸明亮,让算命先生看上一看。咸明亮家在鹤顶,料想算命的做不了如此周详的功课。

算命先生围着咸明亮和老黄的孙女转了两圈,揪着胡子说:"不对啊。这年轻人分明没成家,可这孩子却又是他闺女,而且不是亲生的。这关系我也糊涂了。"

大家调笑着准备散掉,这咸明亮和老黄家,这是哪跟哪呀。果然露了马脚。正好老黄女儿出门倒洗衣水,算命先生指着她说:"他们俩是一家!"

大家更笑了,对咸明亮说:"明亮,还不帮你媳妇泼水去。"

咸明亮脸上的红一直蔓延到肚脐眼,但他笑么兮兮、晃晃荡荡地说:"只要她答应做我媳妇,我就泼。就不信轮子不是圆的。"

"你们看着,他们肯定是夫妻。"算命先生把布包甩到后背上,继续往前走,"下次我还来,他们俩不成你挖我两只眼当鹌鹑蛋炒着吃。"

等算命先生三个月后再来,咸明亮已经到黄家入赘十天了。就是因为算命的一句话。老黄从水上回来,听说后招咸明亮见一面,就定了。咸明亮在鹤顶只有一个后爹还在,天大的事情他也可以一个人做主。管他倒插门不倒插门,反正都是做男人,还不费力气赚了个爹当。这一回算命先生的生意好得不行,在石码头上运河饭馆里坐镇两天,花街、东大街、西大街和南大街的人都来了,攥着钱让他算。我爷爷也相了一次面,算命的说我爷爷大福之相,孙辈必出大才。那时候我刚念初中,的确成绩不错。我爷爷问,能考上大学吗?算命先生说,岂止大学!我爷爷高兴坏了,人家要一百五十块钱,他给了两百。

不过几年后我没能如算命先生预言的那样去考大学,而是去了北京。高三那年我十七岁,因为神经衰弱退学了。看不进去书,睡不着觉,整天头脑像被念了紧箍咒,一圈圈木木地疼,如果继续待在学校里我会疯掉。所有同学都在苦读,要去挤那一根独木桥,我只能像个游魂在校园里四处晃荡,完全是个神经兮兮的局外人。有一天我找了个没人的地方大哭了一场,然后回宿舍收拾好行李回家了。我跟家里说,就是去死我也不念了,念不动。父亲不明白看上去好端端的脑袋怎么会出问题,那好,你不是图清闲吗,跟你姑父去北京干杂活儿,挣一个算一个,顺便养养你那古怪的脑袋。我就跟洪三万来到北京,在海淀区西郊的一间平房里住下来。那地方真是西郊了,跟在农村差不了多少,不进城的时候,要看北京我就得爬到屋顶上往东看,北京是一片浩瀚的楼房加霓虹灯的热带雨林。

具体地说,我干的是贴小广告的活儿,替我姑父洪三万干,他是个办假证的,我和宝来负责给他打广告,把他的联系方式最大限度地放到北京城里,想办假证的就可以按照广告上的联系方式找到他。宝来二十出头,来得比我早,我们住在同一间平房里,上下床。这间屋里还有一个上下床,住着行健和米箩,他们俩帮陈兴多贴小广告,都比我大一点。关于他们,我在一个叫《屋顶上》的小说里说得比较详细,可以参见。现在要说的,是上面提到的咸明亮。

"嗯,轮子他妈的只能是圆的。"

几年以后听到这句话,我的耳朵动了几下。当时我和宝来正在平房附近的驴肉火烧店里吃晚饭。没有人能说出这句格言,连声音都这么摇摇晃晃。我转身看见咸明亮和一个两手乌黑油腻的胖男人坐在另一张桌上。咸明亮理了个三七开的小分头,穿的不再是过了气的太子裤,而是牛仔裤。后裤脚被鞋子踩烂了，我断定他的牛仔裤也是一样松松垮垮地吊在胯骨上。咸明亮甩着两只手在讲话，两只眼皮耷啊耷的，嘴角往右边斜着轻轻地笑，啤酒喝多了的样子。他把左腿搭到另一张圆凳子上时看见了我和宝来，说："呀，你们呀！"站起来就往这边走。

两手油腻的胖子说："喂，咸明亮，那咱们就说定了。"

咸明亮摆摆手，说："不说了嘛，轮子就是个圆的。你得把我这两个小兄弟的晚饭请了。"

"没问题。"胖子说，"老板，再给他们加三瓶啤酒、六个火烧，夹肥肠的！"

咸明亮想到胖子的汽车修铺里干活儿，四瓶啤酒、六个火烧和三盘拍黄瓜，事情就谈成了。主要是咸明亮手艺好，要价又低。明天就去上班。在此之前，他刚到北京时，给一个办假证的干活儿，招揽做假汽车牌照的活儿。他只揽到了十个生意，老板就进去了。干这行总是这样，不定哪天就进去了。幸亏咸明亮跑得快，要不可能也得被捎带进去。他已经饿了两天才找到现在这个胖子修车铺老板。

来北京之前他在监狱里，蹲了四年。出了车祸，他把人轧死了。

倒插进老黄家后，老黄一度想让他改行，学着跑两年船，接下来就可以当船老大了。那时候老黄就可以退休在家抱抱孙女，最好还能有个孙子，这得咸明亮努力。咸明亮拒绝了，除了这件事之外他一概听老黄的。花街上的人都夸咸明亮，就是个亲生的儿子也未必这么言听计从，老黄值了。咸明亮坚决不改行，从小他就想开车，没汽车时他骑自行车、开摩托车，无偿帮别人开手扶拖拉机，后来跟定了陈子归，终于成了司机，可以每天对着车轮子告诉别人，轮子是圆的了。

"我懒得跟他们争，"咸明亮说起他的温顺，笑眯眯地说，"说啥我就干啥。又不是杀人放火，操那份心干吗。能开我的车就行了，轮子是圆的，你说对不对？"

他的婚后生活很幸福，起码看起来如此。他对白赚的两岁女儿很好，跑完长途回来就给她带好吃的，那孩子叫他"爸爸"跟亲爹一样亲。大家都觉得咸明亮已经成了花街人了，他出了事。

这些年他老觉得那车祸不应该是法庭判决的那样，

因为受害人在死前的确一再求他:"兄弟,求你给我个痛快。我一丝一毫都不想活了。兄弟,来吧,我化成灰也会记得你的。"化成灰也会记得他,咸明亮觉得挺瘆人。于是受害人换了说法:"兄弟,你就倒倒车,死了我也要感谢你。"咸明亮想,成人之美,不算大恶吧,就两腿哆嗦着上了车,打了倒退,他听见那人这辈子最后一声欢呼。

这种事只能出在晚上;对他这么好的车技来说,也只能出在岔路口;还得是他喝多了的时候。那天的确喝高了,安徽天长的黄昏时吹进驾驶室的风他能闻出一股香味,那个黄昏真是漂亮,车跑起来像在飞。暮色从大地上升起来,像掺过水的墨滴到了宣纸上,哗啦全世界就灰黑下来。"没有比这时候开车更舒坦的了,"咸明亮对那个黄昏依然怀念,"然后就到了那个岔路口。轮子为什么是圆的呢。"他的脸色开始变,嘴唇抖了两下。然后天就黑下来了。从右前方的岔路上冲过来一辆自行车,吭——等他刹住车,车已经从自行车上过去了。

咸明亮从车上下来,听见有人在叫唤,立马明白这就是传说中的车祸。他以为自己这辈子都不会撞上车祸。在卡车后头五米远,一个人和他的自行车躺在一起,都变了形。自行车的后轮子还在艰难地转动。那个人痛苦地跟他说:"兄弟,给个痛快的。"

咸明亮浑身抖起来,说:"我送你去医院。"

"我不想去,你让我死就行了。"

咸明亮怀疑自己听错了,硬着头皮走上他跟前,那是个瘸子,旁边还有一支木拐。很难想象他是如何骑上自行车的。不过现在他已经成了瘫子,车轮子从他的两条大腿碾过。

"我送你去医院。"

"我不去,你看我都这样了。"他断断续续地说,就算很想死,疼痛他也难以忍受,"我在路口等你很久了。你倒倒车,就当帮帮忙。"然后他开始求咸明亮。

咸明亮当时肯定也吓晕了,竟然同意了。他让我帮帮忙,我只能答应。我倒车时从里到外都在抖,全身每个地方都在出冷汗,手指甲、脚指甲都在出,真的,你们一定要相信我,轮子无论如何也是圆的,车往后退五米、六米、七米,我听到一声大叫,跟欢呼一样。我继续往后倒,让前面的轮子也经历一遍。我不知道他为什么非要死,但他那么想死,我只好照办。然后我把车停下来,浑身水淋淋地坐在路边，等下一辆车过来。十分钟后来了一辆摩托车，我给了那人十块钱，说：

"大哥，帮个忙，找电话报个案，就说我在这里等着他们来。"

该说的都说了，戴大盖帽的就是不信，他们测出咸明亮喝了酒，更不信了。不信他也没办法，该怎么办就怎么办。无论如何的确是他把人给碾死了。在法庭上，他们问，你服不服？咸明亮说，说了你们也不信，那我只能服了。轮子是圆的嘛。

"你说什么？"他们问。

"我说轮子是圆的。不会错的。"

他们说："神经病。押下去！"

因为表现好，五年的刑期四年就出来了。他也不知道自己表现好不好，反正让他干什么他就干什么，其他时间他就歪靠着墙打盹儿，清醒的时候想想车，从整体想到局部，再从局部想回去，把每一个零件都揣摩了无数遍。最后一年他得到一个机会，给监狱里修车，这是他最快活的时光，为了能把时间尽可能多地耗费在车上，他总是修好这里的同时再弄坏那里，这样他就可以像上班一样轮流修监狱里的各种车辆。没汽车可修时，修手推车他也很开心。出来时狱警还夸他，小伙子，修得不错。

回到花街他发现事情起了变化，家里突然多出了个一岁的儿子。如果这小家伙现在三岁多，他基本上还能理解，但是只有一岁，这就很意外。不过轮子说到底是圆的，世界上不存在想不通的事，想不通是因为你不愿仔细去想。咸明亮不愿仔细去想，但显然也想明白了。老黄在另一间屋里和他雇的一个船员在沉默着抽烟。老黄的女儿怀抱一岁的儿子坐在咸明亮对面，她说：

"你要不想认下这个儿子，你也可以离婚。"

咸明亮摸着他的光头说："你想让我认还是想让我离？"

"随便你。"

"那就是想让我离了。"咸明亮站起来，走到院子中央对另一间屋说，"我这就走，你可以插进来了。"

那个抽烟的船员咳嗽一声，表示由衷的感谢。他把匕首扔到地上，白准备了。

我和宝来在驴肉火烧店里遇到咸明亮。因为出过车祸，又进过号子，咸明亮在我们那里找不到车开，没人雇他。陈子归帮忙说情也不行。这一行有很多忌讳，跑路时不能轧着别人衣服，见到死猫死狗得绕着走，不吉利。出车祸沾上了人命乃是不吉利中的尤不吉利者。我看到的新人咸明亮，已经从光头变成了分头，浑身上下唯有头发上了一点儿心。把头发留长，为的是每天早上梳头时，能对着镜子看自己几眼。这是一个狱友跟他说的，一定要每天看看自己，想想自己需要什么，稀里糊涂混日子不好。

宝来问："明亮哥，那你知道你需要啥？"

"我要知道就不照镜子了，我就剃回光头去。"

我说："你需要轮子是圆的。"

"屁，"咸明亮说，"你不知道轮子是圆的？"

我也不知道我知不知道。我会说"轮子是圆的"并不意味着我就知道轮子是圆的。

咸明亮晚上没地方住，希望能跟我们凑合一下。我没问题，可以把床腾出来给他，我跟宝来挤一挤。宝来胖，但我瘦。加上衣服和鞋子我也不会超过九十斤。

喝多了啤酒，天快亮时咸明亮被尿憋醒了，去厕所时看见我和宝来在上铺像神仙一样坐着。不仅我们俩，行健和米箩也睁着眼躺在床上。"你们在干吗?"咸明亮问,"集体练气功?"

"睡不着。"我说。

"有人在放炮!"行健翻了个身。

"放炮?个小鳖羔子!嫌我打呼噜叫醒我就是了,轮子是圆的嘛。"咸明亮穿上衣服说,"反正天也要亮了,我出去转转,你们继续睡吧。"

宝来说:"反正天也要亮了,不睡了。"

"随你们。别说我耽误你们做美梦啊。"

对我们来说,这会儿睡不睡觉的确无所谓,打小广告主要在夜里。我们通常都是天快亮时才上床,因为咸明亮来我们昨晚才早早收工。咸明亮从厕所回来,建议我们几个要练出一套打呼噜的本事,声音越大越好。他就是在号子里学会的。你要学不会,那你夜里就不要睡觉了,一个个呼噜打得简直像比赛,没有最响只有更响。照咸明亮那样身板,跟呼噜声完全不成比例,得再胖五十斤才行。咸明亮说,你们看着办。

说是这么说,第二天晚上他还是搬到屋顶上睡了。幕天席地,把自己放在四张椅子上,第二天早上一头露水地醒来。本来他想直接在修车铺住，那地方太小，汽油味又重，敞开门胖老板怕被人抢，关门只能被熏死。咸明亮喜欢车，但不打算被车油熏死。但是露天不能常住，一阵风从北边吹过来，北京就凉了，屋顶上风又大。关于屋顶的用途，在《屋顶上》那篇小说里我也说了很多，我们四个人喜欢在屋顶上打一种名叫"捉黑A"的牌，谁抓到黑桃A谁就是另外三家的敌人，你得藏严实了，一旦露馅儿三个人就联合起来把你灭掉。被灭掉之后就要请其他三个人喝啤酒吃肉串。咸明亮来了以后，如果修车铺里不忙，也会爬到屋顶上跟我们一起"捉黑A"。过去总是宝来是"黑A"，现在咸明亮屡屡抓到黑桃A，也就屡屡被我们四个痛打。请我们喝过的啤酒瓶子在墙角摆了一大排。屋顶上还有一个巨大的用途，我在那篇小说里也说了，就是供我们登高望远，看北京。

半个月以后，咸明亮预支了第一个月的工资，在我们左边的巷子里租了一间平房。第一天没来得及买到席子，在光床上躺了一夜。他的生活很简单，在修车铺干得欢实，他还有个爱好，把废弃不用的汽车零件收集起来，他说早晚用这些废物拼出一辆车来。平常这些废弃的零件都卖了废铁，再小也是一笔钱。胖老板有点心疼，说，拿走可以，以后来修车的，你得给他们用最好的零件，你得给我翻倍地赚回来。咸明亮说，只要他们听我的。

跑步的时候我常经过他的小屋。医生说，治疗神经衰弱最好的办法就是跑步，跑起来，让松弛掉的神经慢慢恢复弹性，哪天它像刚出厂的松紧带一样伸缩自如，毛病就没了。我每天跑，想象大脑里有很多圈松紧带，随着我在街巷里越跑越远它们就越来越劲道。经过他的小屋，只要咸明亮在，我就停下。墙角处堆的那些废铁，的确是废铁，一个个黑灯瞎火的，以我神经衰弱的脑袋，缺少足够的想象力把它们和一辆光鲜体面的小车联系在一起。但是他的脑袋里有幅精确的图纸，他清楚每一块废铜烂铁该在的位置。

"同志们，放眼看，我们伟大的首都！"捉完黑A，米箩总要伟人一样挥手向东南，你会感觉他那只抒情的右手越伸越长，最后变成一只鸟飞过北京城。我们，四个年轻人，如果把我这个没毕业的高中生也算上，对繁华巨大的都市充满了无限期望。全国人民都知道这地方有钱，弯个腰就能捡到；全国人民也都知道，这地方机会像鸟屎一样,一不小心就会从天上掉下来,砸你头上你就发了。但据我的观察,北京的鸟越来越少,过去麻雀和乌鸦最多,现在也很难看见了,据说是因为高楼上的玻璃太多,反光晃眼,很多鸟花了眼纷纷撞死了。鹦鹉、画眉和八哥还有一些,不过都待在笼子里,你别指望它们能飞到天上去拉屎。最后很可能只剩下一只鸟飞过天空,就是米箩那只抒情的右手,无论如何也拉不出来屎。但这不妨碍所有冲进北京的年轻人都有一个美好的梦想。

我们登高望远。夕阳渐落,暮色在城市里是从楼群之间峡谷一样的大马路上升起来的,混合着数不胜数的汽车的尾气和下班时所有人疲惫的口臭。我们一起看北京。

行健说:"我要挣足钱,买套大房子,娶个比我大九岁的老婆,天天赖床上!二十八岁的女人,听着我都激动。耶!"

米箩说:"我要有钱,房子老婆当然都得有。还有,出门就打车,上厕所都打车。然后找一帮人,像你们,半夜三更给我打广告去。我他妈要比陈兴多还有钱!舍不得自己买一辆车?不是说了嘛,我转向,上三环就晕,去房山我能开到平谷去。"

宝来说:"我要开个酒吧,贴最好看的壁纸,让所有来喝酒的人在上面写下他们最想说的话。"

轮到我了。其实我不知道我想要什么,也许我应该把头发留起来每天早上照照镜子。

"假设,你有五十万,小东西。"

他们的理想、问法和在《屋顶上》一模一样。

我的回答必然也和《屋顶上》一模一样。我确信五十万就是传说中的天文数字。我真不知道怎么花。我会给六十岁的爷爷奶奶盖个新房子,让他们颐养天年?给我爸买一车皮中南海点8的烟?把我妈的龋齿换成最好的烤瓷假牙,然后把每一根提前白了的头发都染黑?至于我自己,如果谁能把我的神经衰弱治好,剩下的所有钱都归他。

"操丫的,没劲!"行健和米箩说,"明亮哥,该你了。"

我们一起看咸明亮。他提了提牛仔裤(太好了,我总算见他提了一次裤子),抹了一下嘴,说出伟大的理想让他难为情。也许此刻他需要一面镜子,但他看着远方重峦叠嶂的北京城,目光和米箩的右手一样飞出去,然后滑翔、下降,落到城市另一边的高速公路上。

"我就想有辆车，"他说，一屁股坐到椅子上，二郎腿跷起来抖啊抖，"到没人的路上随便跑。一直跑。轮子是圆的嘛。"

这个理想让我们相当失望。一辆破车跑啊跑，有什么好跑的。

有一个傍晚咸明亮来到我们屋里，请我们帮他搬东西。他说话鼻音很重，声音好像来自遥远的北京东郊，清水鼻涕哩哩啦啦往下掉，两眼发红。他把床搬到门口睡了两夜，患了重感冒，因为屋子里被他拼凑汽车的破烂占满了。我们不能想象这凉飕飕的夜晚，他一个人顶着满天的星星如何睡得着。我摸了一把他的被子，使点劲儿我担心捏出水来。一共五个人，我们必须从缝隙里才能挤进六平方米的小房间。那真是废铜烂铁，虽然被他组装得像模像样（其实我们也不懂，可是一堆零碎能拼到一块儿，大小算个成就），黑乎乎脏兮兮的还是很难让人有信心。我们花了很大的力气才把这堆东西搬到屋檐底下，然后再帮他把床和一张破桌子搬进去。两件事干完了，贴着屋檐又给汽车的内脏搭了个简易棚子，咸明亮舍不得它被风吹日晒和雨打。对这个我们看不懂的东西，咸明亮胸有成竹，就等着吧，他说，整好了带你们兜风，我就不信轮子它能不圆。

过了一周，他又招呼我们，得把那个逐渐长大的车内脏搬到修车铺去，等着和车身、轮子装到一起。我们借了隔壁卖菜老头的三轮车，哼哧哼哧跑了两趟。胖老板对这么多闲人跑到他铺子里很不高兴，咸明亮递上烟说好话，都是一条街上的小兄弟，手脚绝对干净。好像我们是去偷东西。行健说，操丫的，啥玩意儿！

在修车铺里，我看见一个用上了锈的铁皮焊成一半的车帮子，焊接处鼓起来很多铁质的小瘤。还有轮子，四个放在一起我总觉得不一样大。咸明亮说，废弃的轮子里找不到四个一样的，两个两个一样大就已经谢天谢地了。他曾想过，实在找不到配套的，就先弄出辆三轮汽车。三轮汽车也是汽车，轮子也是圆的。我想象不出三轮汽车跑到北京的大马路上会是什么效果，会不会像原始人进了咱们花街？

此后每次咸明亮到我们屋顶上捉黑A都报告好消息，快了快了。我们等着他把车开过来。一个周末，那天咸明亮轮休,真的就开过来了,吓我们一跳,我敢肯定在此之前世界上看过这种汽车的人不会超过十个:简直是个怪物。车帮还是生锈的铁皮,我是说一点漆都没上,没钱喷漆;这还不算,因为铁皮不够,他只好因陋就简做成了敞篷车。锈迹斑斑的敞篷车,身上长满了明亮的斑点,那是因为他把焊接处的小瘤给打磨掉了。只有打磨过的地方才能在太阳底下闪一闪光。座椅不咋地就不说了,全是淘汰的破东西;关键是它的前面两个轮子小,后面两个轮子大,整个车在生气地撅着大屁股。

"上来!"咸明亮说,"咱的轮子绝对是圆的!"

我们坐上去,在几条巷子里转了几圈,因为没有牌照,上了马路怕被警察逮。没什么大感觉,和坐别的车差不多,除了身体总要往前倾,我得脚蹬住了前面的椅腿才能保证不滑下去。这好办,抬高椅座就行。牌照也好办,我跟洪三万说一声,搞个假的,几瓶啤酒钱的事。两天后,万事俱全,我们决定在夜里上路试车。

正如咸明亮所说,马力强劲。虽然噪音比较大,跑起来实在是快,前低后高给我的感觉就是这车迫不及待要往前跑,刹都刹不住。他把垃圾中最好的材料用在这辆车里。夜晚郊区之外的乡村车辆本就不多，每辆车速度都很快，但每辆车最后都被我们超过了。超一辆车，我们就嗷嗷叫唤一阵。冷风吹进敞篷车，我们必须靠着这点儿兴奋才能抵御寒冷。后面的车只能绝望地照亮我们的假牌照。我也搞不清究竟跑到门头沟的哪个地方，车子突然熄火，我们停在了野地里。

行健他们三个坐下来，喝剩下的最后两瓶啤酒；我给咸明亮拿着打火机，让他检修车头。先是啤酒瓶冷下来，接着我们身上开始冰凉，咸明亮想到的地方都捣鼓了一遍，它还是一堆比我们还凉的铁。现在首要的问题是取暖，咸明亮停下了，让我们去路边找枯草、树枝和砖头块来。他从油箱里放出来一点儿汽油，点着草和树枝，我们烤火也烤砖头和石块。等人、砖头和石块都热了，他拍拍脑门站起来，在"本田"车上淘汰下来的方向盘前摸索了一下，车发动起来了。

"他妈妈的，"他大叫一声，"轮子是圆的！"

他教我们用报纸把滚烫的砖头和石块包好，抱在怀里取暖。这是他跑长途学来的生存技能之一。车重新彪悍起来，跑在夜路上简直像拼命。

宝来说:"给它取个名字吧。"

行健说:"悍马!"

米箩说:"陆虎!"

我说:"野马!"

"好,就'野马'!"咸明亮说,"轮子是圆的!"

"野马"影响之大,超出了我们的预料,十天工夫就成了胖子修车铺的店标。它停在那地方一声不吭就是个活广告,哪里是车,分明是件粗野的艺术品。用废弃的零件拼出一辆性能强劲的车,如此奇形怪状,这铺子和师傅的手艺该有多好。开始胖老板很开心,接着就不高兴,咸明亮经常把车停在自己的巷子里,前来参观顺便修车和买零件的客人一看门前光秃秃的,油门一踩走了。

"你要把车停在店门口。"胖老板说。

"可以倒是可以,"咸明亮说,"我怕被人捣鼓坏了。还有,假牌照会露馅儿。"

"那也得停。"

"好吧,停。谁让轮子是圆的呢。"

修车铺离咸明亮的住处步行二十分钟,过去没车倒无所谓，有了"野马"咸明亮就觉得路远了。这问题也不大，要命的是一旦刮风下雨他得临时往铺子那边跑，给车子穿雨衣。一走就得一个来回。他建议给"野马"买个车罩，下班后就给它罩上，钱可以从他工资里扣；胖老板眼一翻，罩上了跟车没停在这里有何区别？要罩也只能罩上方向盘和仪表盘那一块。这就很气人，可是咸明亮没办法，"野马"的任何一个地方他都不希望被风吹着被雨打着，还得来回跑去苫车屁股。

到此还不算完，不知道哪个倒头鬼头脑出了问题，找到胖老板要买下这辆车。他觉得这玩意儿酷，有个性，是实用与艺术的完美结合。"别说它糙，"那家伙说，"不糙我还没兴趣。我出这个数。"他把若干个手指头伸出来晃了晃。胖老板立马被晃晕了，他没把那个数告诉任何人，但它足够买一辆新款的丰田车。那家伙还说，废铁不值钱，废铁变成这样就值钱了。

胖老板把咸明亮弄到驴肉火烧店里，四瓶啤酒、四个火烧外加一盘五香驴杂碎，咱俩商量个事。咸明亮喝酒、吃肉，说："有话你说。轮子总归是圆的。"

"车就放店门外，我补你工钱。"

"不用补,都是下班后干的。"

"补三倍,"胖老板把第四瓶酒打开,"车算店里的。"

"算你的?"

"也不能这么说吧。算店里的,店是大家的。"

"已经算店里的了。"

"那你签个字。"胖老板从裤兜里摸出张纸,眉头写着:自愿转让合同。他已经提前在店主处签了名字。

咸明亮说他这辈子头一次干拔腿就走的事,站起来喊结账,留下三十块钱就走。剩下半顿饭他到我们屋顶上吃,运气很差,他当黑A被抓住,请了四瓶啤酒。我们当时根本不知道"野马"有价了,想的就是他妈的凭什么,咱们明亮哥每天撅着屁股干到半夜,一个个螺丝拧上去,说拿走就拿走啊。行健说,哥你听我的,死守,轮子是圆的嘛。

咸明亮说:"嗯,轮子就是圆的。我就想有辆车,破成这样为啥还这么难呢?"

第二天咸明亮来了,说:"他说我用的是他的家伙、他的电。"

我们问:"你怎么说?"

"我可以付他钱。"

第三天咸明亮又来，说："他说我用假牌照，犯了法。"

我们问："你怎么说？"

"我可以办个真牌照。"

"然后呢？"

"他说我用过假的了，已经犯过法。我还有前科，再进去这辈子别想出来了。妈的，轮子是圆的。"

第四天咸明亮再来，说："今天有个警察到店门口围着'野马'转了三圈，问我哪里人，家里还有谁，在北京过得好不好。"

"你怎么说？"

"我说我后爹也死了，没有家。我说我每天能看着门口的车，我就觉得我在北京过得还不错。"

那天他和我们在屋顶上捉黑A捉到看不见手里的牌，他请我们喝了啤酒，吃了驴肉火烧和五香驴杂碎。因为天慢慢黑下来，我们看不清他的表情，也没工夫去看，我们手里一把好牌，摩拳擦掌都准备活捉黑A。五香驴杂碎非常好吃，包括驴心、驴肝、驴肺、驴肠、驴肚子，等等。

又过两天，我们就听说咸明亮出事了。出事的还有胖老板，他给香山脚下的老丈人家送酒，咸明亮主动要求开

"野马"送他。车子开得很快,"野马"嘛,左拐弯的时候左前轮子突然掉下来,坐在"野马"的副驾座上的胖老板先飞出去,跟着车子也翻了个个儿,剩下三个不一样大的轮子对着傍晚的天空转。胖老板一头撞到一棵大树上,半截脑袋顿进了胸腔里,医生费了半天劲儿才拔出来。

我们四个一起去医院看望了折断了四根肋骨的咸明亮,他的头上缠着一大圈绷带,左胳膊骨折。这辈子不打算开车的米箩小声问了一个我们都关心的问题:胖老板为什么不系安全带呢?

"副驾座上有安全带吗?"咸明亮艰难地说,"我可没装过。"

米箩想,难道记错了?上次他坐在副驾座上,咸明亮再三嘱咐他系上的难道不是安全带?

"他们找到那个轮子没?"咸明亮一张嘴四根肋骨就疼。

"找到了,"我们说,"滚到旁边的枯草里。放心,一点儿都没变形,还是圆的。"

2010年10月6日,爱荷华

六耳猕猴

我观"假悟空"乃六耳猕猴也。此猴若立一处，能知千里外之事；凡人说话，亦能知之；故此善聆音，能察理，知前后，万物皆明。与真悟空同象同音者，六耳猕猴也。

——如来

二十三条街巷里，一大早穿西装打领带跑步的只有一个人，我老乡冯年。这段时间他睡眠不好，半夜总做噩梦，醒了眼得睁两三个小时才能闭上，早上起来头脑就不好使，昏昏沉沉地过来敲我门，问该怎么办。作为一个资深的神经衰弱患者,这点儿症状对我来说是小儿科:一个字,跑;两个字,跑步。治噩梦和失眠我不在行,治头昏脑涨我绝对拿手。跑步健脑。他就隔三岔五跟我一起在北京西郊的巷子里跑。因为赶时间上班,他必须出门前就得武装整齐,跑完了挤上公交车就往公司跑。请想象一下歪歪扭扭的窄巷子,一个西装革履的晨跑者,反正我觉得挺诡异。但是没办法,冯年不停地松领带,摸着喉结跟我说:"老弟,哪睡得着。醒了我还觉得链子在脖子上,喘不过气。"

他的梦也诡异,老是梦见自己变成一只六耳猕猴,穿西装打领带被耍猴人牵着去表演。要做的项目很多:翻跟斗,骑自行车,钻火圈,踩高跷,同时接抛三只绿色网球,还有骑马等等;尽管每一样都很累,但这些他都无所谓,要命的是表演结束了,他被耍猴的往脊梁上一甩,背着就走了。在梦里他是一只清楚地知道自己名叫冯年的六耳猕猴,他的脖子上一年到头缠着一根雪亮的银白色链子,可能是不锈钢的;他的整个体重都悬在那根链子上,整个人像只褡裢被吊在耍猴人身上,链子往毛里勒、往皮里勒、往肉里勒,他觉得自己的喉管被越勒越细,几乎要窒息。实际上已经在窒息,他觉得喘不过来气,脸憋得和屁股一样红。

冯年做同样的梦,区别之一在于,如果这次骑自行车,下次就接抛三只绿色网球,或者一次把两三样活儿一块儿干了;另一个区别是,梦醒之前他越来越感到呼吸困难。也就是说,窒息的程度与夜俱增。他觉得耍猴人抓着链子像包袱或者口袋一样将他甩到身后时,火气越来越大,力道越来越足,根据重力原理,链子勒得就越来越紧。冯年觉得,如果不是他及时从梦里醒来,肯定就断气了。

有两个疑问我弄不懂,冯年也不明白。一个是,为什么会重复地做一个梦呢?如果仔细推敲,会发现,他的梦其实有个递进关系,或者说,他在把同一个梦延续地做下去。得过神经衰弱的人一定知道,我们这号人多梦,偶尔做同一个梦,换个时间把某个梦再续下去,都不是什么新鲜事,但如此高频率、近乎刻板地重复和发展,我猜就是神经衰到不能再弱的人也没有能力做到。冯年做到了。第二个疑惑是六耳猕猴。我到海淀图书城查阅了有关书籍,六耳猕猴这个物种不存在。即使基因突变,人类也尚未发现有长了六只耳朵的猕猴。所谓的六耳猕猴只是《西游记》里的说法。这个我知道，《西游记》里说，孙悟空遇到了另一个孙悟空，里外和他都像，身手也无二致，搞得他也收拾不了对方。齐天大圣对另一个齐天大圣一筹莫展。最后还是如来老人家帮忙，才把假大圣收拾了。我佛说，那家伙是个六耳猕猴。六耳猕猴只有两只耳朵，冯年梦里的六耳猕猴也只有两只耳朵。但叫冯年的猴子的确就是六耳猕猴，他很清楚。

梦见自己既是冯年又是猴子，已经够扯淡的了，还是一只根本不存在的六耳猕猴，就是梦也不能做得这么不靠谱吧。所以开始几次他说起这怪梦，我们根本不当回事。他到我们屋里来找人解梦，我们懂个屁啊，顺嘴跟他瞎说。

行健说："再明显没有了，想女人。"

米箩的解释是："嫌赚钱少，要自己当老板。"

"屁，老子忙得哪有时间想女人！"冯年说，"从领第一份工资起，就没够花过。当老板？我拿光屁股给人踹？"

宝来的答案相对别致一点："冯哥，我看你是想家了。"

这话招来行健和米箩的嘲讽,也就宝来这样的傻蛋才整天把"想家"挂嘴上。想家就别出来混,待在花街上混吃等死干脆。

轮到我。我说:"冯哥脑子出了问题。"

冯年急了,"小东西,有你这么说话的吗?"

可我说的是事实啊,老做这种古怪的梦,和神经衰弱相当接近了,不是脑子出问题是什么?冯年一挥手,来正经的。我撇撇嘴。说到神经衰弱,我从来都无比正经。不信拉倒。

住在西郊的老乡里,冯年是最人模狗样的一个,谁都不会像他那样整天西装革履。我家和他家隔十二个院子,我是说在我们故乡;所以我对他熟得不能再熟了,据我所知,他在花街从来不穿西装。有一年花街莫名其妙起了一阵风,男男女女大人小孩都开始穿西装,从石码头拐上青石板路,迎面碰上那些穿西装的花街人,你会有时空错乱的无助感。当时我住校,放了假走进巷子,以为外星人占领了我家乡。冯年是外星人中屈指可数的土著之一。但现在,在他租房的衣柜里,廉价的西装起码有四套,领带若干。他在中关村的一家电子产品店上班,老板要求员工要从内到外尊重顾客,男的穿西装,女的套装,大冬天也得把漂亮的小腿肚子露出来。

中秋节我和宝来到北大玩,顺道去海龙电子城看冯年。海龙里乌泱泱的人群挤出我一身汗。冯年身着西装,双手交叉站在公司的店面门口,鼻尖上全是汗,逢人就说里面请,看看哪一款相机最适合您。嗓子都哑了。对我和宝来也这么说,说完了才发现是我们俩。我在店里遛了一圈,果然都是西装、套装,一群新郎新娘。那时候接近下班时间,宝来打算等冯哥一块儿回。

"别,"冯年说,"今天假期促销,下班推迟了。"

"那总得有个点儿吧?"

"你们快走,别让主管看见。"他急了,"上班时间不许闲聊。"

"那你就继续站着吧。"我说。

"除了午饭和撒尿,我他妈都站一天了。"

就我这不懂行的看,他的西装也差不多是全店里最差的,白衬衫被汗泡软了。所以,他得更端庄地站着,更热情周到地把上帝们伺候好。老板说了,硬件不够软件补。

他站在门口，不停地紧"一拉得"廉价领带。这个动作跟他一大早不断地松领带正好相反。

我问过他，像电视里的那些心理专家似的，是不是因为领带过紧留下了心理疾病，导致做梦时总要被吊死？他想了想，领带这东西的确挺烦人，领导没事也喜欢盯着员工的脖子看，抽查领带结是否饱满，可要说这就整出了心理创伤和阴影，也夸张了。

"那你为什么老松领带？"

"那是因为我还在想着夜里的噩梦。一恍惚就觉得这玩意儿是个铁链子。"

意思是，这是两个不同的因果。是因为噩梦才松领带，而不是因为打领带才做噩梦。那好吧，我的心理分析技止此耳。

他的公司我还去过一次，那天纯属闲得蛋疼。我从我姑父洪三万那里拿了点生活费，觉得自己是个有钱人了，经过中关村买了两个烤山芋，拐个弯进了海龙。把他给吓坏了，坚决不要。别说上班时间不能吃东西，就是来个亲戚朋友也不行。我有点生气，老子满肚子好心过来看你，成罪过了。他还是轰我赶快走。

"你就不能把我当普通顾客？"

"就你？"冯年说，"老弟，先照照镜子再说。"

我站到店里的镜子前，模样是不太像大款，可是你也不能肯定有钱人就一定都得穿金戴银吧。我摆弄了两下我的夹克衫给他的女同事看，说："姐，还算体面吧？"

他的女同事就笑了。"相当体面。"她用铁岭味的普通话回答我。我就把烤山芋送给她了。这也把冯年吓着了，他的老乡留下罪证了。"哥请你吃十个烤山芋行不？"他的眉毛痛苦地拧到一起，苦瓜脸耷拉下来了。后来他几次提出请我吃烤山芋，我坚决不给他面子。

要是我，这辈子不再去了。这是行健跟我说的，咱得有点志气。那就不去。但后来还是去了，我站在店门口对冯年喊："冯姨让你现在、立马、赶紧、立即、务必打电话回家。"

那天下午，我跑步经过"花川广场"那条街，在报刊亭前顺便给家里打个电话。我爸对电不电话无所谓，只要我还活着就行。但我妈规定，半个月必须至少报一次平安。就那点破事，每次电话也就那么几句，我都说烦了。要挂电话了，我妈突然说，你冯姨来了，要跟你说几句。

冯姨显然刚进我家的门，扯着嗓子喊："大侄子，你年哥啥时候回来？"

"他啥时候回来我怎么知道？"

"你不知道？"冯姨这回抓着电话了，声音还像在门口那么大。"回来看对象啊！让他现在、立马、赶紧、立即、务必给我和他爸打电话。人老郑家等回话呢！"

等我妈接过电话，我问："哪个老郑家？"

"还有哪个？你小时候跟人家屁股后头跑了几十里的郑马贺，耍猴的。"

"年哥上班呢。"

"上班不耽误打个电话。"

好吧，现在下午三点十二分，得破戒了。等到他下班，没准郑马猴的闺女喜欢上别人了。反正也是跑步，直接往中关村跑得了。我气喘吁吁跑到海龙，在他公司店门口喊：

"冯姨让你现在、立马、赶紧、立即、务必打电话回家。"

然后转身就走。喊我也不理，叫你拽。跑回去的路上我回过神来，其实没必要风尘仆仆地来通知冯年，他肯定对郑马猴的女儿不满意，要不早跟我们显摆了。在一群光棍里，最值得显摆的就是女人，有人恨不得见了头母猪都要通报一下大家。还有，这家伙还跟我绕，说搞不懂为什么一到梦里就变成被人吊在身后的六耳猕猴；他太明白了，显然是被郑马猴吓的。可是，有一点我想不通，郑马猴是糙了点，一张脸不管从哪个角度看都让人倒胃口，所以花街上习惯叫他郑马猴而不是郑马贺，你可以怕他；他女儿郑晓禾随她妈，低眉顺眼，胖嘟嘟白净净的，算不上大美人，但配冯年我觉得只用半个身子也绰绰有余。要我说，冯年是高兴过头才会持续做噩梦的，这叫乐极生悲。

"屁！"冯年坐在我们的屋顶上，看我们四个打捉黑A，"在知道这事之前，我他妈已经在夜里当了很长时间的猴子了！"

那我们只能认为他有特异功能，像花街上的算命瞎子胡半仙，可以预知两年内的大事。天上将要掉馅饼，冯年这算提前兴奋。

"怎么跟你们这帮人成了老乡，真是祖宗瞎了眼。没一个正经说话的。"

"年哥，你可不能这么说。"行健放下牌，"我们都正经人。说真话，那郑晓禾如果不是你要搞的对象，我做两次梦就能把她肚子搞大。就两次。你想想，白白净净，胖胖嘟嘟，圆圆溜溜，那手感——"

冯年一挥手，截断行健的白日梦。"先停下。"他说，"我不是看不上郑晓禾，是他妈的郑马猴要求我必须回花街。"

"你得叫郑马贺。"我提醒他。

"好，就郑马贺。我回去能干什么？跟他一块儿耍猴戏？"

"那就让郑晓禾来北京。"宝来提议，"夫妻识字，兄妹开荒。"

"人家不来。"冯年站起来，在我们的平房顶上走来走去，掸着自己的西装说，"她说，过去给你穿西装打领带？我没吭声，我哪养得起。她又说，过去了我也穿西装打领带？"

"你咋回的？"米箩问。

"我一个屁没放。这话没法回。混六年了，我他妈不就这副龟孙样！"

知道就好。我们四个跟着心情也坏掉了，一想到"混"这件事，还是挺伤自尊的。都想混出个人样，最后混出来的却是个龟孙样。

郑晓禾在花街有个不错的工作。她爹耍了一辈子的猴，走南闯北几十年，跑不动了，正打算抱着猴子养老，政府突然要贴着运河开发一个沿河风光带，郑马猴就由一个江湖把式变成了民间艺人，牵着屁股磨黑了的老猴子进驻了风光带，每天定时定点给游人表演一番。作为升格成"民间艺人"的条件，景区给郑晓禾安排了一个游船卖票的工作。以花街的消费水平，工资的含金量不比冯年在北京的小。所以，人家不愿来。也不是一点心没动，而是到谈婚论嫁生孩子的年龄，女人耗不起，来了早晚得回去；花街上的工作不好找，过了这个村就没这个店，别弄得两头不着地。

对郑晓禾的决定，我们都表示深刻的理解。问题是郑马猴，他比女儿态度强硬，冯年必须回来。漂了一辈子江湖了，到头来认为男人窝在家里最好，冯年觉得莫名其妙。

"我知道了，"米箩说，"是怕咱们年哥在外面学坏了。"

"屁！"冯年说，"老子想坏都没时间学。要赌没钱，想嫖，就算有钱，我他娘的也没时间啊。一天站下来，口干舌燥，躺到床上我都忘了自己是个男人。半夜三更我还得对付那根银光闪闪的链子，我朝哪儿坏呀我？"

我说："郑马猴又不知道你苦大仇深。"

"我想起来了，郑马猴年轻时整出了不少花花事。"行健把最后一张牌亮出来，是张黑A，又让他给逃了。"别看他长得寒碜，就是有本事走到哪睡到哪。听说还得过花柳病，天天晚上得坐澡盆子里用药洗上半小时。他是怕年哥跟他争澡盆子哈。"

"放你娘的屁！"冯年骂他，"老子三十年了，一套原装的男科！"

我们都笑起来。是啊，我们的冯年哥哥已经三十了。要在花街，早已经是打酱油的孩子的爹了。

冯年三十，所以冯伯伯和冯姨着急。谈婚论嫁，年龄从来都是大问题，都一把年纪了你还怎么拖？越拖越没市场了。关于市场，冯年肯定比我们懂。这也是他焦虑的原因之一。生活说是摸着石头过河，其实对大多数人来说，一辈子是清清楚楚地看得见的：我们在重复上一辈乃至上上、上上上一辈人的生活。前前后后的人基本上都这样过，都得这样过，不是什么人都可以撞上奇迹的。冯年不可能永久地留在北京，他明白以他的才华、能力和运气，自己必定和百分之九十五以上的人一样，只是赶紧埋头吃两口青春饭，然后推饭碗走人。他还赖在北京，都是给年轻闹的，年轻似乎意味着一切皆有可能。骗骗自己也好。但是现在，婚姻大事临头，不厌其烦地提醒他，三十岁也不算年轻了。但他不甘心。一看见他每天把自己弄得西装革履、人模狗样我就知道，他不想就这么放弃，虽然眼下也看不见转机和希望。

"除了老总和副总，"冯年在我们的屋顶上悲哀地说，"全公司我年龄最大。"他很纠结。

郑马猴的猴耍得好，花街上的孩子都喜欢看。我们经常跟着他走乡串户地跑，他耍到哪我们跟到哪。他能让猴子数数、分辨红豆和绿豆，甚至能让猴子围着一个女人转上三圈判断出她结没结过婚。他让猴子在不同季节穿不同的花衣服，那衣服妖娆冶艳，穿上后猴子显得十分淫荡。

普通的骑车、倒立、敬礼、作揖更不在话下，据说他还曾训练猴子当众手淫，当时男人给他鼓掌，女人向他吐唾沫。耍猴的情况就是这样。我记起来了，郑马猴的猴戏结束后，也是把猴子随手往身后一甩，猴子就挂在了他的后背上。不同的是，他系在猴脖子上的是一根五颜六色的花布条搓成的套；此外，这还是他猴戏的一个重要环节。小猴子会在他后背上一个鲤鱼打挺翻上主人的肩膀，然后手搭凉棚，像齐天大圣那样向观众们敬礼。到此，猴戏才在掌声中圆满结束。

冯年看的猴戏比我多，他比我们都大。但他一点都想不起在噩梦之前，起码来北京的六年里，他曾在什么时候回忆过郑马猴的猴戏。从来没有。

"那你最近看过猴子没有？"行健问。

"两年前去动物园，见过几只猴子。"

"这就对了！"行健说，从床底下的纸箱子里摸出一本书，《梦的解析》，一个叫弗洛伊德的洋人写的，已经被他翻烂了。他抖着那本书用教授的宏大口气说，"年哥，你压抑了。要不是那事儿上压抑了，就是那几只猴子勾引起你的某些说不清楚的回忆。"

"别张嘴闭嘴那点事儿，成不？那都是两年前的猴子！"

"这个弗什么德的说，吃奶时候的事都有影响，何况你才两年。年哥你绝对压抑了。那点事儿多重要啊。"

行健攥着那本书当然离不了那点事儿，他不知道从哪弄来的，当黄书看的。如果不是隔三岔五能看到几句刺激的，谁有兴致看一个外国人唠唠叨叨地解梦。

这事最终也没弄明白，冯年照样做噩梦。为了避免噩梦，他想了很多招，比如熬夜，熬到走路都能睡着的时候再睡。没用，只要睡着了，连个过渡都没有，跺跺脚就变成西装革履的猴子。我说过没有，六耳猕猴也穿皮鞋？鞋面用金鸡牌鞋油擦得溜光水滑，苍蝇站上去都得跌跤。他还试过喝酒，醉得一个劲儿地说自己是宝来，但是一躺下来，梦里的六耳猕猴还叫冯年。第二天一早找我跑步时说，他被链子勒得酒都吐不出来了，只好咕嘟咕嘟再往回咽，胃装不下，他被活活胀醒了。他还想过用别的梦把六耳猕猴挤走，夜就那么长，做了这个梦肯定就没时间做那个了。白天他就反复地想一桩稀奇古怪的事，希望夜里能换个内容；周公说，日有所思、夜有所梦嘛。但要盯着一件事往死里想,时间和强度都得跟上,比上班还累,而且也只是偶尔才奏效,他觉得太划不来,苦成这样不如死了算了。只能放弃了。

冯姨又在电话里催我了,她找不到冯年,干脆守在我家等我电话。上次冯年打了个电话回去,留的活话,"先处处看"。挂了电话就没跟人家联系过。冯姨在电话里说:"屁话,还处处看!一条街上长大的,谁头上有几根毛都一清二楚,处个屁处!你让那狗东西现在就给我回话!现在,立马,赶紧,立即,务必!"我拿了鸡毛当令箭,又屁颠儿屁颠儿地跑到海龙,在他公司门口喊:

"冯年,现在,立马,赶紧,立即,务必!"

这一嗓子坏了事。当时冯年正在向一个客户推销佳能相机,说得有鼻子有眼的,那家伙马上就要动心,我来了。等我传达完冯姨的指示,那人已经向另一个店员咨询了,然后冯年眼睁睁看他从同事的手里买走两部单反相机。下了班他直接奔我住处,劈头盖脸一顿骂:

"让你别去公司你非要去!到手的两部单反没了!"

我没理他。至于嘛,不就两部破相机,我还一肚子牢骚没地儿发呢。虽说我跑哪都是跑,可那中关村车那么多,空气质量多差啊,肺被污染了我找谁去?再说,冯姨跟黄鼠狼似的,见天就坐我家等电话,我妈都急了;她一来你就得陪着,除了纳鞋垫别的活儿都干不了,我们家就三口人用得了那么多鞋垫吗?冯年的火气让宝来都看不下去了。以我对宝来的了解,凡是宝来说不好的,肯定有问题;凡是说宝来有问题的,那人一定有问题。宝来说:

"年哥,我们都是为你好。"

冯年翻两个白眼,长叹一声,像气球被扎了个洞。"算了,跟你们也说不明白。"

把相亲弄得像受难,我们没能力明白。后来他在屋顶上跟我们玩捉黑A,输了喝酒,酒至半酣才结结巴巴道出实情。其一是,他真有点喜欢郑晓禾。他高她三届,念高三时没事就往初三教室门口跑,装作偶然路过,慌里慌张地朝郑晓禾脸上看几眼。现在想起来还脸红耳热,要不早打电话回绝了。其二是,他们公司要在朝阳区开分店,准备挑一名经验丰富、性格稳重、业绩突出的员工去做分店长,这两个月的销售业绩作为重点参照。冯年前两条都没问题,只要眼前能够立竿见影,就成了。偏偏这是多事之秋。据说那两部相机加配件，销售额近五万，一个月也难得抓一两条这样的大鱼。

"哦。"我说。真是不好意思。

"这是我最后的机会了，"冯年抱着酒瓶子像唱卡拉OK，"下个月就三十一了。来的时候我跟自己说，三十岁还没头绪就回家，妈的结婚、生孩子！来，兄弟们，干了！"

第二天早上他没跑步，睡过头了，洗漱完就往公司跑。夜里依然梦见被甩到耍猴人的后背上，银白的链子抠进了肉里，要把他血管和气管割断。

接下来他跑步时断时续，状态也不是很好。我能理解他的难过，夜里没睡好还得花体力去跑步，搁谁也受不了。我甚至还做过一个和他相同的梦，梦见自己也成了一只六耳猕猴，身上穿的是夹克、牛仔裤和运动鞋，被人吊在身后。我想我要憋死了，我想我的脸一定肿胀得像只大红南瓜。醒来后我为冯年哥流了两行眼泪。但我只梦见过一次，而冯年每周至少三次，一次比一次暴烈。

我们决定为冯年出点力，四个人家底子全端出来才凑到三千块钱。宝来说，有总比没有好。托行健的一个朋友去海龙，单找冯年，买什么都行，只要能把三千块钱花掉。那哥们儿去了，问哪位是冯年。一个同事说，冯年生病，已经两天没来上班了。那哥们儿回到我们住处，很生气，逗我玩哪你们？让我屁颠儿屁颠儿地去放空枪！

行健说："生病了你怎么不吭一声？"

"我哪知道他生病？"我说，"最近他又不是每天都跑。"

米箩瞪大眼，说："会不会那啥了？"

"哪啥？"

米箩摆摆手，"没啥。瞎说着玩。"

我和宝来相互看看，站起来一起往外走。

隔两条巷子，推开院门，冯年的房门敞开着。这是傍晚，天从上面往下暗，房间里昏沉沉的，没开灯。我被烟味呛得咳嗽起来，冯年坐在破藤椅里抽烟，烟头像细小的鬼火在闪。我打开灯，看见他头发支棱着，眼窝深陷、胡子疯长，一看就是个资深失眠者。他只穿着贴身的秋衣秋裤，西装和领带扔在床上。床上一片狼藉，刚搬完家似的。

"我正打算找你们，"冯年说，用夹着香烟的手在房间里漫无边际地划拉一圈，"我今晚的火车回家，你们看看这屋里有什么用得着的，随便拿。"

"年哥，你这是哪一出？"我尽量让声音放松下来。

"没什么，就回去看看。"他说，"我坚持了两夜，一个梦都没做。夜里我就想事。我想清楚了，该找个好女人、生个孩子了。"他开始咳嗽，一连串的动静，眼泪都带出来了。他用床上的白衬衫擦眼。他把一个信封递给我，让我有空的时候去一趟海龙，把信交给他公司的经理，让同事转交也行。

我和宝来在他对面的凳子上坐下来，从他的烟盒里抽出中南海烟点上。抽烟有害健康，它让我们继续咳嗽。宝来觉得灯光刺冯年的眼，把灯摁灭了。我们都不说话。

临走的时候冯年指了指衣橱，犹疑地说："西装，你们谁想要？"

我们俩一起摇头。

第二天我去了海龙。副总在，他拆开信，刚看完，又一个西装革履的中年男人走进来。副总说："黎总，没必要找冯年谈了。他辞职了。"

"刚刚？"黎总拍拍后脑勺笑了，"他妈的这个小冯，真会挑时间，那换人。命苦不能怨政府啊。"

出门的时候遇上铁岭来的那个女店员，她说："呀，这不是冯哥的小老乡嘛。你咋来了呢？冯哥呢？呀，那烤地瓜老好吃了。谢谢啊。"

我对她笑笑，问："你做过穿西装的噩梦吗？"

"你说什么？"

我知道我问得很古怪，语法上也有毛病。她是一个每夜睡得香甜的人。

我说："没什么。"

2012年1月15日，小泥湾

成人礼

"那你们不许说话。"

"吃蛋糕的时候也不行?"我说。

"就你话多。"行健说,"我说话的时候你们谁都不能插嘴。"

我们点头。蛋糕在屋顶上,奶油上插着二十根蜡烛。

"第一次见到她是在驴肉火烧店。我去吃晚饭,照惯例,四个驴肉火烧、一碟油辣小咸菜、一碗小米稀饭。不需要我开口。我坐下来盯着一只蚂蚁沿对角线爬过桌面。一个女声问:请问您吃什么?我抬头看见她,第一眼的感觉是,干净、清爽、适合穿白裙子。但我还是很生气,除了前三次,我在这里吃了一年多,头一次有人问我吃什么。米箩知道,我脾气不好,但从来不对陌生人发火,尤其是女的。"

"嗯,我做证。"米箩说。

"让你不要说话。"行健说,"我跟她说,就那三样。她笑笑,转身去了厨房。屁股很好看,圆润,结实。别笑。两分钟后,她把晚饭用托盘端过来。然后她坐在吧台旁边的椅子上,两腿并拢,若有所思地看着门外。店里就我一个客人,没有人这么早吃晚饭。吃完饭我得去打广告,陈兴多规定,一天要打五千份。"

"他他妈的瞎扯,一天怎么可能打出五千份小广告。"米箩说。

"我那不是刚来嘛,不懂,他就把我往死里用。让你打岔——我说到哪了?"

"晚饭吃早了。"宝来说。

"对。一直就我一个人。她看着门外,下午的阳光照到她半个脸上,细密的小汗毛看上去是透明的。她很白,头发梳到后面扎了个马尾辫。让我想想。头发真是黑,没有刘海儿。她坐在那里像一幅油画。尽管我只敢时不时瞟一眼,我也知道门外她什么都没看见。眼神不聚焦,嘴边带着笑,那样子跟睁着眼做梦差不多。"

"她笑起来有酒窝。左边的脖子上还有一颗痣。"米箩补充。

行健白了他一眼,抓起酒瓶对嘴灌了一大口。米箩不吭声了。

夕阳半落,我们坐在屋顶上。桌子上摆着驴肉火烧、油辣小咸菜和小米稀饭,还有鸭脖子、麻辣鹅、猪头肉和啤酒。蛋糕在另外一张椅子上。

"想起那天下午,我的肠胃就会发抖,像饥饿一样难过。她就是一幅油画。哪天老子发财了,一定要找最好的老师教我,学油画,我要把那个下午给画回来。"

"然后呢?"

"我吃完就走了呗。"

没意思。抒了半天情,吃完就走了。

"第二天下午我又去了。说真话,进了门我才想起来,从昨天晚饭后到现在,我早把她忘了。她又过来问,我原样报了一遍。两分钟后,托盘端上来。她在同一个位置上坐下,拿笔在吧台上的一张纸上画起来。阳光照到她的脸、脖子和半个肩膀上，她低眉顺眼，像另一幅油画。"

"能不能来点新鲜的比喻？"米箩说，"我觉得她挺性感的，像巩俐。"

"你这不是比喻。"我给他纠正。

"不是也像巩俐。"

"屁！巩俐多艳。她才不屑去化妆。"行健说，"我就觉得她像一幅油画，怎么了？不爱听喝你们的酒吃你们的肉！"

"爱听，"宝来说，"我同意行健，她不化妆。你继续讲。"

"吃完饭我就走了。"

"靠，吃饭，像幅油画，然后吃完走人。行健你来点实实在在的干货会死人啊？"米箩有点儿急。

"皇帝不急太监急。我说到第三次了吗？"行健说，"第三次我就跟她说话了。我说，叶姐呢，她怎么不在？她说，小叶回家了，我帮几天。我说，哦，前次我还欠叶姐三块钱，还给你吧。她说，也好，我代她收了。"行健停下来吃麻辣鹅和猪头肉，然后喝酒。

八月底的天不冷不热，几只鸟从我们头顶飞过。离这里不远，北京的高楼大厦像热带雨林一样急速扩张。我们喝酒吃肉，在一间平房低矮的屋顶上，一起想象爱情。除了行健，我们三个人其实都觉得爱情十分遥远。就连行健的那个"她"，我们也相当怀疑，爱情难道不是个重口味的东西吗？

"我不知道是不是喜欢她。我还不知道如何喜欢一个人。有一天我站在屋顶上向南看，看到了叶姐的院子里空空荡荡。叶姐租的房子，一间屋，另外两间房东住。房东在白石桥做生意，一星期难得回来几趟，相当于叶姐一人占一个院子。我从屋顶上下来，踢踢踏踏往南走。经过叶姐的院子时，我推一下，不动，就趴在门缝里往里瞅。突然有了脚步声，我没来得及从门前撤回来，门打开了。她也吓了一跳。我肯定脚后跟都红了，说话都结巴了。我说，我我就是顺道经经过这里，看看看叶姐回来没没有。她说，没回，我住这里。我连道歉的话都忘了说，转身就走，恨不得一跺脚人就没影了。

"隔几天我才敢去驴肉火烧店。她不再问我要什么，直接端上来四个火烧、一碟油辣小咸菜和一碗小米粥。结账的时候她问,去哪了?我低着头说,没去哪。她转身到抽屉里找钱,说,出门在外,注意安全。她以为我出远门了。出门的时候我差点哭了,除了爸妈,到北京以后没人跟我说过这句话。我回过头,她正对着门外看,对我笑了笑。她比我大,笑摆在那儿。她的嘴不大,但笑得宽阔平和,全世界的好东西都能装进去。我的肠胃剧烈地抽搐一下。我上心了。"

"抽根烟接着说。"米箩帮行健把烟点上,"怎么个'上'法的?"

米箩把"上"字说得很暧昧,他已经迫不及待想听到关键处了。

"米箩你闭嘴!别人你可以随便乱说,她不行。"行健说,"我也乱说,我也可以是个烂人,但我决不拿她乱说。有个词叫'亵渎',你看书多,你知道。我得给自己留点好东西。我开始每天去吃两次驴肉火烧,吃得我都恶心了。吃了三天,她说,好吃也不能偏食,你得注意营养均衡。我点点头,好,听你的。在她不上班的时间里,我爬到屋顶上,看见她进门,在院子里走,洗衣服,进屋,再出去。偶尔,能看见她穿很少的衣服,把洗澡水泼到外面。"

"我想起来了,"宝来说,"有段时间你打完广告回来,不管多晚都要爬到屋顶上转一圈,是那会儿吧?我说呢,这家伙深更半夜到屋顶上当诗人啊?"

"我也想起来了。"米箩说,"行健你实话实说,穿的有多少?"

"有时候只穿内衣,有时候内衣都没有。白白的身子。什么?反应?当然有反应了,老子他妈的是人,不是木头。就是因为看见她的身体,我开始对她有了身体上的欲望。一柱擎天有了一点实质的内容。就是那时候我发现,我十八了,开始想女人了。"

"那你们什么时候,那个——"我的两个食指慢慢地头碰头。都懂的。

"个小东西,这事你也明白了?"米箩笑话我。

我拿啤酒瓶跟他碰一下,喝一大口。出门在外让我们早熟,人情世故乃至七情六欲,都得一个人面对,没有人可以依靠,没有人与你分担,你知道你必须独立承担生活了。来北京才几个月,我觉得像进了培训班,迅速地感知和体悟到生活可能出现的不同面向。

"那要到生日那天。"

"去年的今天。那之前呢?"

"生活如常。"

"没劲。干货,我们要干货!"

"哪那么多干货。你们都活了起码十七八年了吧,又有多少干货?"行健说,"那时候不像现在,已经结束了,你知道谜底,反而更功利地、迫不及待地奔着那个结果。那时候我在一个焦躁但美妙的过程里,我像被一种远处飘过来的香味招引着。幽香,淡淡的。闻着妥帖,放不下,又抓不着。很平常,我去火烧店,看见她,脑子里和身体里装着她,一遍遍忧伤甚至悲哀地经过她的门前。见到她、经过她的院门时,我心跳得轰轰烈烈。你们说,我是不是应该多读几本书去当个他妈的诗人?"

"你应该写小说。"我说,"你跟小说家一样会啰唆。"

米箩和宝来咧开嘴笑。行健也笑了。

"那我该怎么说?难道要我跟你们说,我很想给她写情书?我的确是写了,写完就撕了。我把不敢当面说的话都写在信里了。我在写'我想你''我爱你'的时候都哭了。我还是撕了。不敢给任何人看。恋爱的时候你是个诗人，同时你也是个贼。何况我只是暗恋、单恋，人家根本没把我当回事，没往心里去。我不能怪她，我只是个贪吃驴肉火烧的顾客乙，小屁孩一个。可我马上十九了！我胆小如鼠，然后就到了生日。"

"我和宝来一块给你过的。"米箩说，"你非要把生日蜡烛点到驴肉火烧店里。"

"你是全世界第一个吃驴肉火烧庆祝生日的人。"宝来说。

"我们把蛋糕拎到火烧店，才发现那天她歇班。"行健说，"开头我吃得很失落，后来因为悲伤，才觉得身上有了劲儿，我吃了好多肉，喝了很多酒。你们俩都没见过我喝那么多啤酒吧？你们以为我醉了？那点酒哪能放倒我！对，吃完蛋糕我是趴到桌上了，我只是想让你们先走，我想一个人难过一会儿。我十九岁了。过去觉得十九岁很遥远，可是在北京的一家火烧店里，远离家乡和亲人，想着一个陌生的女人，它这么简简单单地就来了。我趴在桌上把衬衫袖子都哭湿了。然后我站起来，捧着剩下的蛋糕——我先喝几口。"行健又开了一瓶燕京啤酒，一口气下去半瓶。

"然后呢?"

"到了她的院门口,开始敲门。"

"哪来的?"她问。

"给你吃的。"行健说。他让自己瞪大眼,只有这样才能保持住自己的胆量。他也担心眼睛一闭自己就哭出来。他很想把眼睛闭上,七瓶啤酒的重量都压在眼皮上。

她带他进屋。酒喝多了鼻塞,行健还是闻到了一股与脂粉不同的怡人暖香。她的长头发散开披在肩膀上,穿着拖鞋,粉白的光脚跟有点向外歪。日光灯放大了她的影子,其实他比她高半个头。只有一把椅子,行健坐着,蛋糕还捧在手里。她坐在床上,两腿并拢,拖鞋自然就吊在了脚尖上。床单是天蓝色的。一本书打开后倒扣在床头边的桌面上。她像在店里看着门外一样看着他,似笑非笑。行健避开她的目光,努力睁大眼,捧着蛋糕走到她跟前,说:

"我十九了。"

她接过蛋糕,抹了一块奶油连食指一起放进嘴里。"蓬蓬松松的甜,"她说,"都十九了。"她又抹了一块奶油送进嘴里,看着他垂在她身边的两只一直在哆嗦的手。看了足有两个钟头。这是行健的感觉,他觉得度日如年,不知道此刻该继续站着还是退回到椅子上坐下。"送你件礼物,"她说,"去,把门关上。"

关上门。她对他招招手,行健重新走到她床边。她用纸巾擦了手,开始给站着的行健解衬衫的纽扣。

现在想起来行健还觉得像在做梦。七瓶啤酒都喝到了头脑里,他昏昏沉沉晃晃悠悠,这件事他在睡梦和想象里操练了无数遍,很多次女主角就是她本人,他可以像专家一样条分缕析地把每一个环节都说清楚,但事到临头,他只能相信的确是喝多了。脑子里的酒变成糨糊,整个人都在抖。他只记得她光着身子躺下后,对他说:

"到我身上来。深呼吸。听话。"

像一次溺水,艰难、漫长又短暂,有种窒息一般的美。喷射的时候他觉得自己身体过了电一样火红透亮,然后是从头皮开始贯穿全身的爆炸。他趴在她身上,眼角滴出泪来。离开家这么久,他头一次饥肠辘辘地想家。

她抚着他的后背说:"好,听话。"

他知道自己弄得一团糟,时间短得她都没来得及出声。但她在收拾的时候还是跟他说:"非常好。"

穿好衣服,她坐在床上,他坐回到椅子上,就好像他们的位置没有变化过。

"你经常站在屋顶上看我。"她说。

行健不吭声。

"我问了小叶,她不记得你欠过三块钱。"

"真欠了。"

"好吧。"她笑笑,"来北京多久了?"

"一年。"

"这么小。为什么不念书?"

"念不动。就被亲戚带出来了。"

"你还小。"

"我十八了。"

"知道。"她笑起来,"我是说,你还不知道为什么要出来。"

行健从没想过这个问题。念不好书,家里人说,不能闲养着,出门找点钱,磨炼一下也好。他就来了。碰巧陈兴多在北京,如果他在上海或者广州、南京,此刻他就会待在上海、广州或者南京的某间小屋里。

"十八岁那年我中师毕业,在镇上一所小学当老师。"她说,"那时候我最远的地方就是到市里念师范学校,离家四十五公里。我想到更远的地方去。县城有个小火车站,有趟车去北京,两天一班。从小我就想坐上那趟火车,跑得越远越好,但我不知道为什么要往远的地方去。直到我中师毕业,一次火车都没坐过——我有个故事,你想听吗?"

"想。"

"十八岁那年,我当了小学语文老师。在一间玻璃碎了一半的教室里,红瓦的房子,四十个学生。学校隔壁是中学。那年分了一个北京来的大学生,听说是北大的,犯了大错误,又是拦车又是演讲,还到处散发文章,都说没坐牢是给了他恩典。但他课讲得好,整天读书,认识很多我们没见过的字。带我的师傅跟他熟,经常让我帮他借书、请教个问题,就认识了。帅?呵呵,没你帅。但他人好,不喜欢笑,一天到晚板着脸。我们都知道他心情不好,这事搁谁身上谁心情也不会好。小镇哪盛得下这样的大才子,可他别的地方也去不了,很可能一辈子只能待在我们那地方了。但他跟我说,你要多出去看看。我问去哪里?他说,能去哪里就去哪里。只要别在一个地方蹲死圈了。蹲死圈你知道吗？我们那里的方言，就是猪一直待在圈里，哪也去不了，哪也不敢去，直到被抬出去杀了，死了。

"你可能猜出来了。对，我喜欢他，没什么难为情的。当然，那时候喜欢一个人还是挺害羞的，我还是个小姑娘。十九岁生日那天，我去找他，那天是端午节，他的舍友回家过节了，他一个人在宿舍里看书。我们在一起了。我也哭了，但我很开心，我愿意。他送了我两本书还有一句话当生日礼物，那句话他说过好多次：你要多出去看看。你困了？"

"没困。"行健说，把力气都用到眼皮上，睁大，再睁大。眼皮很沉，但他很清醒，"我在听。你继续讲。"

"又过了一年，他考上研究生走了。我知道他迟早会走。这样的人只要给他机会，他能干成任何事情。我在小镇上继续教书。我看他留下来的书。我不是读书的料，很多书我都看不懂。但我逐渐明白了他说的要多出去看看的意思了。我越来越想出去走走了。我不好高骛远，就是想到远处去看看。我们不再联系，一年以后我有了男朋友，他是我同事。我们的关系很好，双方父母都满意，开始谈婚论嫁了。有一天我去县城买教学资料，顺路经过火车站，开往北京的火车正好在启动，车头冒着白烟像头牛闷头向前跑，我突然觉得很难受，眼泪就下来了。回到学校我跟男朋友说，我要去北京。"

"他怎么说？"

"他说好啊，放暑假我带你去，看看故宫、天安门和长城。可是你知道我不是想旅游，我想到北京待一段时间，现在就去，刻不容缓。他想不明白。我们开始吵架。他暴跳如雷，我不说话。最后，他把一个包和一个行李箱捆到摩托车上，送我到火车站。我坐在靠窗的位置上，包在怀里，行李箱在他脚前。他不打算从窗口把箱子递给我。他希望我下车拎箱子时再也不上去了。他把箱子放在站台上，看着手表对我说，我在车站门口等你，五分钟你还不到我就回家。离开车只有三分钟。他从站台上消失。我下车，抓着箱子拉杆站在原地，看着火车在我面前缓慢地开始前行，然后我跟着火车往前走。乘务员在关车门时对我喊，上不上呀你？我跑起来。"

"你上了车？"

"没有。我到了车站门口，已经过了十分钟，我男朋友走了。"

"你回家了？"

"我在县城住了两个晚上，坐下一班火车来了北京。"

"一直到现在？"

"一直到现在。"

"找，找过那个人吗？"

"没有。我只是生活，做自己能做的事。谋生，在北京的各个角落，实实在在地生活。火烧店会是最后一个工作。"

"你打算——"

"嗯，回家。六七年了，该回去了。"

"必须走？"

她点头。

"北京不好？"

"跟好不好没关系。你不明白。人到了一定时候，你要听自己的，听从你最真实的那个想法，不管你面临的是什么。我想回家了。"

"叶姐也回去了？"

"嗯，你叶姐。小叶决定回去的时候我还想，她被打败了，妥协了，认命了。她扛不住了，我要挺住。后来想明白了，出来和回去都不是较劲儿，只是顺其自然。其实回去比留下来更难。"她把反扣在桌面上的书拿起来，行健只看见用白纸包住的干净封面，"这书上说，法国有最好的信鸽，过去战争的时候常用。在前线把它们放飞，带着战况信息往家飞。它们必须横穿整个战场。这个过程里，它们不能低头，你可以想象一下，那血腥和恐怖的战争场面；它们只能向前看，要不到不了家。你明白吗？"

行健不明白。但他瞬间有了勇气承认了这一点，他说："我没听明白。"

"我在说小叶的勇敢。出来难，回去更难，还有比梗着脖子不低头地跨过一片战场更勇敢的吗？"

行健说："我明白了。"

"你只是听明白了。以后你会懂的。"

"我还是有点糊涂。"米箩说。

"以后你就懂了。"行健说。

"故弄玄虚！"米箩哼了一声，"懒得明白。"

"接下来呢？"我问。

"我离开了，她睡了。"

"我是说,再接下来出了什么事?"

"什么事也没出。那两天晚饭我继续去吃火烧,她还坐在吧台前的椅子上看门外。我们没说多余的话。不该说的都是多余的。晚上我来来回回地在她院门前走,每一次推门都是闩上的。又过了两天,我想我不能考虑那么多,我就是想听她说说话。她说了,要听从你最真实的那个想法。我就敲了门。半天门才打开,房东打着哈欠站在我面前。我问,她呢?房东说,哪个她?你房客呀。哦,她呀,退租了,回老家了。"

我知道故事已经到了结尾,但还是忍不住问:"然后呢?"

"没有然后。我再没见过她。"

米箩扳起手指头,"你们别吵,我算算,怪不得行健就喜欢二十八岁的女人。那女的二十八岁吧?"

"我没问。"行健说。

"那她的名字叫什么?"宝来问。

"不知道。"

"靠,一问三不知,白让你睡了。"

"米箩你他妈闭嘴!再乱说话我跟你急你信不信!"

屋顶上一下子静下来。只有傍晚的风经过院子里柿子树的声音。

宝来说："好了好了,行健二十岁了,该吹蜡烛吃蛋糕了。"

我们重新高兴起来,围在蛋糕前,从四个方向挡住风,点上二十根小蜡烛。小火苗摇摇摆摆。

米箩说："这回我不乱说话了。行健,过了二十岁你想干什么?"

"好好干,"行健说,"在北京扎下根来。"

现在开始吹蜡烛。行健闭上眼,闭上以后发现自己并不知道要许什么愿。他凭感觉把自己移到西南方的那个院子的方向,睁开眼,吹灭了蜡烛。天黑了下来。

2012年1月21日,小泥湾

看不见的城市

1

天岫死在中秋夜。我们赶到的时候,他还躺在地上,身体弯曲,五指张开,血流过瞪大的两只眼,他看见的月亮是红的。贵州人早没影了,现场都是天岫的工友,一个抱着脑袋蹲在马路牙子上,剩下的两个和我们一起站在尸体旁,摩拳擦掌咒骂下狠手的贵州人。除非你们长翅膀飞了,狗日的等着,见一个杀一个,见两个灭一双。谁也没伸手碰一下天岫,一个有经验的工友提醒,保持现场,留待公安取证。但我们都知道他死了。一砖头拍脑门上,倒下以后，肚子又被穿大头皮鞋的贵州人踹了几脚。天岫像只大虾，抱着肚子，膝盖和脑袋硬往一块儿凑，然后绷住的弦突然断了，他的头歪到一边，仰面朝天，月亮变成红色的瞬间，身体不动了。来找我的老六摸过他的脑门，像烤山芋一样软。

老六跑进院子时，我们正在屋顶上吃月饼。洪三万和陈兴多发了善心，中秋节放我们一天假，晚上不必去市区打广告，每人再发三十块钱，算过节费。我们把钱凑一块儿，买了月饼、鸭脖子、猪头肉、驴肉火烧和啤酒，在屋顶上一边看月亮一边吃。十五的月亮就是好，明晃晃地把天底下照得像大白天。老六从巷子里呼哧呼哧地钻出来，进门就喊：

"天岫死了，你们还吃！"

我站在屋顶上听他说，腿开始发软，啤酒瓶也拎不动了。老六说，千真万确。他摊开手掌，做了一个劈头盖脸的动作。宝来、行健和米箩费了好大的劲儿才把我从屋顶上弄下来。站到地上，我才觉得腿脚硬实了。我们一起往东跑。北京正从那个方向往这边蔓延。

已经报了警，戴大盖帽的在路上。通知老板的工友还没回来。闻讯到来的工人说，老板和几个工头下饭店过节了，不知在哪家馆子，正一家家找。

"都是那破电话！"老六指着立在路边的公用电话机，不锈钢听筒绝望地吊着，快垂到了地上。"天岫在等她老婆电话，那贵州杂种一分钟都等不了，上来就抢。"

第一遍打过去，老婆说，儿子前天会叫爸爸了，一兴奋，见谁都叫爸爸。天岫激动坏了。儿子一岁半，妈妈、爷爷、奶奶都会叫，就是不叫爸爸。大家都说贵人语迟，那是安慰别人的，事情没出在自己身上。天岫想听儿子叫一声，老婆让他等一下，两分钟后回过来，她到公婆那边抱孩子。已经过去了一分钟，天岫几乎看见了老婆正抱着儿子往电话前跑，等在后面打电话的贵州人烦了，越过天岫肩膀抓住了电话。

天岫说："就一分钟。"

"一分钟能把人等死你知不知道？"

天岫再次竖起右手的食指，"一分钟。我儿子会叫爸爸了！"

"关我屁事，"贵州人一把推开他，"又不是跟老子叫爸爸！"

老六说，很可能天岫并不是要去抢听筒，只是下意识地去找个依靠。他被贵州人推得失去平衡，找不到东西靠一靠肯定要摔得四脚朝天。他抓到了电话。贵州人认为他在挑衅，两人扭到一起，但很快就被别人拉开。双方都有三五个人，过节了，喝完酒，吃了月饼，三五成群到大街上走走，看圆满的月亮。他们也是建筑工，在隔天岫和老六一条马路的工地上盖楼。那样的口音隔三岔五能碰见，他们算是陌生的熟人。如果拉开后各自散去，事情也就到此为止，偏那贵州人是话痨，在众人推搡下嘟嘟囔囔地说：

"想听叫爸爸就别出来卖苦力。还爸爸，屁！你也配！"

"我儿子，我怎么不配？"天岫奇怪了。

"你就不配！"

"我怎么不配？"

"你就不配！"

两个大男人把车轱辘话说了一遍又一遍，火气跟着都往上蹿。差不多同时，两人从同伴的拉扯下挣脱出来，斗鸡似的又缠在一起。双方工友因为劝架也发生摩擦，场面眼看失控变成群殴，贵州人从人行道上抠出一块地砖，迎着天岫的脑门拍过去。天岫倒下时特别像电影里的慢镜头，他的血在月光下黑得发亮，大家都傻了。等他们反应过来，贵州人的大头皮鞋已经踹过了。另外五个贵州人拖着他就跑。

剩下老六他们围着天岫站成一圈，叫他的名字。血已经流满了天岫的眼。我老乡天岫，终年三十七岁。

2

在北京西郊，和天岫关系最近的人就是我，我们两家前后院。在他没来北京之前，我还念书的时候，一有数学题不会做就去敲他家的后窗户。天岫理科好，照我小姑的说法，不是一般的好。他和我小姑同学，那一届最有前途的就是天岫，但他就是没考上大学，连着复读四年依然没有考上。他们那一届同学，和他一起复读到四次的，最差的也念了我们市的电视大学。这事不诡异。等他彻底放弃高考，戴一副深度近视眼镜回到花街后，我们才知道，他的心太大，非要到大城市，念中国最好的大学。那只能说死得其所。没有人因此责难他，就凭那副厚如瓶底的眼镜，他在花街上也是英雄，各家教育孩子都以天岫为榜样：看看人家天岫！

戴眼镜的都是知识分子，镜片厚的是大知识分子。花街上，除了老花镜和装模作样挡太阳的蛤蟆镜，近视镜就天岫一副。小时候我数过天岫的镜片上有多少个圈，每一次数目都不同，换个角度圈就变了。天岫理科的确好，我把在课堂上没听懂的题目从窗户里递过去，三下五除二，他就把算式从音乐声中递出来，比老师的方法简单易懂多了。他在家听歌。

有几年，他买了一台二手录音机，整天往里放花花绿绿的磁带。我爸妈不喜欢那些歌，唱的啥呀，嗷啊乱叫，披头散发的。那些歌我也听不出好来，但我喜欢那股热闹劲儿，一个人唱歌弄得像几百号人一起喊，是门艺术。所以问完了题目，我就从家里溜出来，磨磨叽叽转到天岫家，坐在他家门口的太阳地里听一个人唱很多人的歌。他家的院子很大，特别适合冬天的上午坐在墙根下晒太阳。天岫基本上是个喜欢在冬天晒太阳的人。他趿拉一双黑条绒千层底手工棉鞋，鞋带早不知道丢哪去了，露出穿尼龙袜子的脚面；棉袄随便扣几个纽子，有时干脆一个不扣，随手把一边的对襟裹到另一边对襟上，双手插进袖笼里。一看见他这样，我就很想给他递一根草绳。天岫很少梳头，一整个冬天都有两撮头发支棱着，不是前额上的就是后脑勺上的。他把一本印满高楼大厦的书翻上几页，放到门前的石阶上，然后摘下眼镜放到书上，两只手蒙住脸，对着太阳揉两只眼。能揉半个小时不吭声，我总觉得他在手后面哭。他没哭，歌一直在唱，嗷嗷啊啊，他把手拿下来，刚睡醒似的，一脸新鲜的表情，他会对我说：

"吓，你还没走啊。"

天岫大我十九岁，在他看来我肯定就是小屁孩，不搭理我也正常。搭理也没用，大人过日子我们经常看不懂。那些年他的生活很逍遥，但我后来觉得，其实充满悲壮的孤独感。每天都能睡懒觉，起床后，如果不是拿着本书坐在太阳底下，就是斜着身子走在各种路上。花街、东大街、西大街、南大街，都是一个人走，影子更瘦更长，他长了一张书生的脸，所以斜着身子走看起来也很体面。他在各条街上的台球桌前打球，很少说话，不用球杆比画方向，只是右眼稍微眯一点儿，一杆子出去，球折射、反弹，拐多少个弯最后都得进洞。他几何学得好，知道怎样在桌面上画出最科学的路线，所以打台球能赢不少钱。拿到钱，他就骑上他爸在山东临沂买的旧金鹿牌自行车，以花街为中心，往四面八方骑，有时候一出去两三天，骑到几百里地外的一个城市再骑回来。

在念高中之前，我从没离开花街超过五十里地，所以没法知道他究竟去了哪里，在那些地方都看见了什么。反正是城市，这一点不会有错。天岫他妈经常跟我妈隔着窗户说话，说，又去哪儿哪儿了，整天游尸。她对天岫的现状显然不满意。我妈就劝她，带着对知识和知识分子最朴素的崇拜，说：

"让他去。他有他的想法。"

"他有什么想法？"天岫他妈说，"吃饱了倒头就睡。没见他笑，我也没见他哭啊。再说，这都多久了，又不是他一个。"

倒也是，距最后一次高考已经好几年了，就算憋屈那劲儿也早过了。何况，五次落榜的人全天下也不独他一人，西大街的繁仓也五次，现在老老实实在家干活儿，种出来的胡萝卜每年都能卖出好价钱。

天岫他妈叹口气,说:"都是惯的。"

我妈说:"可是——"

这个漫长的破折号基本上也是整条花街的态度:戴了眼镜就算游手好闲,肯定也有游手好闲的理由。

有一天半夜,我爸从外面气喘吁吁地回来,进门就抚着胸口说:"乖乖,差点没跑掉。"他在米店的孟弯弯家看人赌钱,派出所偷偷摸摸过来抓赌,他眼疾脚快跳了窗户。"就我和天岫跑掉了,一屋子人都被堵上了。"那时候我才知道,天岫赌上了。"那是高手,"我爸说,"天岫算牌,脑子像计算器一样好使。"我爸转着圈看各人手里的麻将,都理不出来个头绪,天岫就盯着自己的牌,一算一个准。天岫能日以继夜地赌,不吃不喝,一泡尿憋十几个钟头。他赢多输少,赢了要走,大家也很少拦着,输给天岫他们都认:人家四只眼,咱们只有俩。猛赌一阵,赢了一把钱,过两天他妈就会隔着窗户跟我妈说:

"又走了。"

"这次去哪?"

"谁知道。背个大包,说要十天半个月。"

我到北京以后,天岫来看我,我又问起那几年他跑了哪些地方,他笑笑说:

"跟着腿走,瞎跑呗。"

"都看了些啥?"

"早忘了。老皇历了。"

那个时候天岫过着一种与花街男人相反的生活:别人是跟着船出门,挣了钱回家花;他是攒足钱就背个包出门,花完了再回来继续赌。

二十九岁那一年,天岫突然让我们不习惯了,不再出远门,整天背着手在八条路的庄稼地里转来转去;此外还有一个巨大变化,他把眼镜摘了。摘了眼镜的天岫让我们觉得陌生,多年近视让他的眼球深陷进眼窝,看上去像他身上还住着另外一个人。他必须眯着眼才能看清别人。一个秋天的傍晚,天岫他妈端着饭碗在窗户后面叫我妈。

"天岫要当生产队长了,"她说,"农民就农民,祖祖辈辈都这么过来的。他心定了,我跟他爸也踏实了。他婶儿,有合适的对象给咱家天岫说一个呗。"

3

好长时间我都转不过来这个弯：落榜生、游手好闲、赌钱鬼、游魂，然后是拿掉了眼镜的生产队长，现在成了在北京西郊盖楼的建筑工，他是如何做到的呢？我到了北京，天岫带着工友老六来看我，我们一起坐在屋顶上聊天。远处的北京城正以高楼大厦的方式向这边推进。"城市是台巨大的推土机，"山东人老六重复着天岫的话，"也是瘟疫，战无不胜。"我不关心这个。我问天岫，你怎么就成了个盖楼的？

"生产队长我能当，为什么就不能盖楼？"

"是啊，你怎么就当了生产队长了呢？"

"路上人多，"天岫说，"太挤。跑累了。"

"那还不是又跑出来了？"

"这还不简单，"老六用他舌根发沉的普通话插上一嘴，"歇过来了呗。是吧天岫？哈哈。"

"那几年往城里跑的人真多，遇到一个是，遇到两个还是。"天岫捻着一根中南海转着圈看,"都去找钱。那天我在武汉的江边,突然觉得很累,就地坐下来。江水涌上来脖子都打湿了,我懒得动一下,由它湿。天黑了凉风一吹,我开始哆嗦,不想动,就叫了辆三轮车拉我去旅馆。车夫是宜昌人,家里的地给别人种,自己出来蹬三轮,钱比种地多,就是觉得人浮着,夜里总梦见自己在半空中一圈圈踩脚踏板,怎么踩车都跑不快。他只顾说话,路拐了急弯他才看清楚是个陡坡,猛一刹车,车停了,他从车把前一头栽出去,上嘴唇豁了,磕掉了半个门牙。我让他去医院,他说没事,从车篮里捡来的报纸上撕下一团,裹到嘴唇上,要先送到旅馆再说。"

"送到没?"老六问。他们在一起干活儿两年了,从没听天岫说起这事。

"当然不能让他送。我把身上的钱都给他,全被江水湿透了。走回到旅馆,就感冒了。回家的火车上一路高烧。突然就不想再跑了,我就想,在花街上过一辈子会死人吗?我爷爷是个农民,我爸是个农民,我为什么就不能是农民?正好需要个生产队长,我说我看过几本种庄稼的书,想试试。就当了,其实队长就是个召集人,遇事喊一嗓子就行。"

那时往城里跑的人多,现在更多,在以后的若干年里可能会越来越多。天岫还是又来了。

两年前天岫跟着山东的一支建筑队到北京,我已经念了高中,住校。放假回家,遇到不会做的数学题,习惯性地又去敲天岫家的后窗户。他老婆打开窗户告诉我,天岫去北京盖楼了。她把"北京"和"盖楼"两个词咬得很重,好像天岫是在另建一座天安门。

"队长不当了?"

"土坷垃里能长出大钱来?"他老婆说,"你看,都到城里去了。"

其实他老婆不赞同他来北京,尤其有了孩子以后。她比他小十岁,身边有个爹一样的大男人疼着多好。但是天岫还是想出来,待不住了。好吧,他老婆看着男人一天到晚板着张不高兴的棺材脸,家里的确也需要钱,就咬牙跺脚让他走了。周围的男人们都出去了,自己男人去的还是北京,挺好。

"不单是挣钱的事。"天岫把那根中南海点上,"土里长不出黄金,地种得大家越来越穷。我也腻了。也不知道是不是腻。搞建筑也很好啊,浇完钢筋水泥混凝土,把砖一块块往上垒,看它一点点长高。城市?我在脚手架间忙活时,从来不想什么城市,我就是在盖楼。就像你做数学题,你不是在考试——呵呵,忘了,你现在给洪三万打小广告了。反正就是那么回事。垒砖时我如果想到是在建这座城市,我就觉得自己在开着一台大推土机,正把跟高楼大厦不一样的东西全抹平了,像用橡皮擦一张写满字的纸。跟你做数学题一样,你要老想着这是试卷,心就乱了。"

说实话,这段话在我听来有点绕,没怎么听懂。我就是个打小广告的,我姑父洪三万办假证,他让我把他的联系方式用各种可能的方式散播出去,想办各类假证件的人看见了,就会去找他。二一添作五,他们做生意。我已经不考试了。

窗户后面的天岫老婆说:"不挣钱,生了孩子拿什么养?"

"呵呵,女人就不喜欢说实话。"天岫说,"谁会整天想着钱啊。来时见着我儿子没?"

"我天天逗他玩。"我说,"你咋给他取个名字叫玉楼？像唱戏的。"

"他爹盖楼嘛。"天岫说。

4

出事后第三天,天岫家人来到北京。

我和老六他们带天岫老婆、儿子和爸妈去看那个公用电话。电话和过去一样。地上缺了一块砖。天岫躺倒的地方还能看见警察用白灰画出的一个弯曲的人的形状,流到水泥路上的血变成黑色。天岫老婆哭出了声。宝来和老六搀着天岫爸妈,我把玉楼接过来抱着,小家伙不知道怎么回事,京城的郊区对他来说已经是个西洋景了。他端着我的脸,一本正经地说:

"爸爸!"

"玉楼,"我小声说,"叫哥。哥哥。"

小家伙看着妈妈哭了,疑惑地看看我,大声地重复了一遍:"爸爸!"

玉楼提醒了妈妈和爷爷奶奶,他的爸爸以后再也不会有了。三个人一起放声哭，身子慢慢往下沉，跪倒在人形的白灰线边。他们把它当成丈夫和儿子，指甲抠着水泥路面，想把天岫从地上拉起来。死一个人很容易；死也可以很抽象。这是他们看的最后一眼天岫。之前他们看了火化前的天岫，切开的身体被重新缝合，所有伤口都隐蔽好了；天岫双眼紧闭，眼窝里的血早被清理干净，他好像正在深度睡眠，整个人仿佛不曾受到过任何伤害。尸检的结果是：头部的伤足以致命，肚子里的伤也足以致命，肝和胆都被大头皮鞋踢破了。

抓那贵州人没费什么事，公安局追到火车站时，他正在候车大厅的厕所里抽烟。见到警察，他说，还有两口让我抽完。抽烟的动作夸张狂躁，最后几口吸得太深，呛得自己直咳嗽。他不太相信天岫真的死了，确认后，他对警察说："这么不禁死啊。"接着又说，"死就死了吧，我抵命。"一点儿都没打算抵赖。

他被五个老乡工友拖走以后，还有点儿烦，不就打个架拍一砖头嘛。工友们都劝他赶紧跑路，工地上的头头也让他跑，他说跑什么跑，又没死人。工地上打架的事很多，打群架的也很多，都习惯了。很快，工头派出去刺探消息的工友回来说,好像死了,躺地上这么久都没动,听说报警了。他不当回事都不行,工头命令他必须走,马上,铺盖卷都别收拾。别给公司添麻烦。工头从自己的钱包里临时给他数了两个月的工资。他打车去的火车站,也是他这辈子头一次如此奢侈地坐出租车。从工地到车站很远,他没打过这么远的出租车。照工友们的建议,他可以去任何地方,就是别回贵州老家,他答应了,但买票时他改了主意。警察问他为什么决定回贵州,他说:

"我总得回去看一眼爹妈和我儿子。万一那人真死了,我在外逃来逃去,谁知道啥子时候能看上他们一眼。"

警察问:"你就没想过会被抓住?"

"抓就抓。杀人偿命,有什么办法?"

我从老六那里陆陆续续得到消息,那个贵州人就这么浑不吝。说他不怕死那是假的,他也抖,被铐着的两只手总哆嗦,但就是嘴硬,张嘴就有火药味,跟所有人都有仇。他认罪,但拒不悔过。"我不痛快,我生气,我就打了。"他说,"他也打我,只不过最后死的是他,不是我。"

警察问:"就为那一分钟?"

"一分钟还不够吗？我都说过多少遍了，一分钟也能把人等死。"

"你认为他不配当爸爸的理由是什么？"

"就不配！"

"怎么不配了？"

"你要我重复多少遍？"

"警告你态度端正一点儿！让你说你就说！"

"那我再重复最后一遍：要当爸爸就别出来挣这份血汗钱！"

贵州人的古怪逻辑把所有人都搞糊涂了，警察只好一遍遍审。结果相同，表述的方式都没差别。他就是这么诡异地想问题的。

打架斗殴的案子太多了，受伤出人命的案子也不少，只要方法得当，当事双方或亲属私下沟通也不是不可能。不愿对簿公堂的可以庭外和解，就是私了。私了通常就是谈钱。天岫爸妈和天岫老婆根本不答应，听法律的，他们相信恶有恶报，他们不打算拿天岫的命换钱。让人想不通的是，那贵州人也不愿私了，他没钱，就算他腰缠万贯，就算他最终得吃枪子，也绝不私了。老六说，狗日的疯了。

接下来的一系列事情相当琐碎，想急也急不来，建筑公司内部的处理也进展缓慢；我和宝来只好在附近帮天岫一家租了两间价钱合适的民房。一家人大眼瞪小眼，难过得要撞墙；但公婆在儿媳妇面前、儿媳妇在公婆面前，还都得稳住情绪，以免带动对方更大的悲伤。他们三个一有空就会去天岫被打死的公用电话旁，在马路牙子上一坐就是大半个小时，白灰线条已经没了，他们还是盯着那块地方看；相互都知道对方去了，都不说破，怕说出来就得抱头痛哭。没心没肺的是玉楼，没事的时候我就把他带到我的住处玩，小家伙出了门就只知道高兴，见什么都咯咯笑，见到身高超过一米五的男人就喊爸爸。他一叫爸爸我就难受，眼泪哗哗往下掉。

先扛不住的是天岫老婆，因为悲痛过度，吃不下饭睡不好觉，老做噩梦，醒来就一身虚汗，走路两腿都发飘。我带她去诊所看医生，那老太太兼治中医，摸了一下脉，说赶紧回家，再待下去你的命也得搭进去；没了只能没了，闺女，节哀顺变吧。天岫老婆又哭了，抓着医生的手说：

"都怪我，当初我要不让他来就好了。"

老太太拍拍她的手,"想走的留不住,想留的走不了。顺其自然。"

5

回老家的前一天,天岫老婆背着公婆,要求见一见那个贵州人。公安局的人备感疑惑,也很为难,这个时候的嫌疑犯谁也不能见。天岫老婆不懂这个,只眼泪汪汪地说:

"一个二十五岁的寡妇,想看看到底是谁打死了她的丈夫,不行吗?"

戴大盖帽的也被这话镇住了。"一定要见?"

"看不到我这辈子都不会心安。"

好吧。二十五岁的寡妇,听着都心凉。他们决定违规帮一回。

我陪她到了拘留所,一路帮她抱孩子。我因肩负照顾这娘儿俩的重任,也被允许进那间屋;进门前她接过玉楼,坚持要自己抱。屋里凉飕飕的,可能是心理作用,我的确觉得满屋子肃杀之气。贵州人已经坐在铁栅栏后面,胡子没刮,脸上的皮肉都挂下来了,两眼布满疲惫的血丝。眼神里的不屑大过绝望,冷冷地看着我们。在这种环境和氛围里,谁坐到铁栅栏后面大概看上去都不像善茬儿,但他的确没有想象中的凶手那般凶神恶煞。让我难以忍受的是他的挑衅般的轻蔑。

我们坐在他对面,看守人员担心天岫老婆情绪激动,站在她背后,两只手抬高到她肩膀的高度,随时准备按到她的双肩上。她不说话,我也没有理由说话,玉楼看看妈妈看看我,也本能地不吭声了。贵州人也一声不吭。空气充满了韧性,被越拉越紧,因为神经衰弱,我听见了空气被扯动抻紧的声音,也听见了一只看不见的秒表在疾速运转。我觉得过去了很长时间,其实是我们仅有的三分钟快结束的时候,天岫老婆突然说话了。她说:

"你打死了我丈夫。"

贵州人看看她,低下头又抬起来,沙哑着嗓子说:"我偿命。"

玉楼把脸转过来看看我,又转向铁栅栏对面的贵州人,尖叫一声:"爸爸!"

贵州人差点就站起来了。他把脑袋往前探，撞到铁栅栏上。

玉楼又尖叫一声："爸爸！"

贵州人的嘴唇慢慢开始无节奏地哆嗦起来。"儿子，"他说梦话似的，眼神突然迷离了，哆嗦殃及整个身体。他忽地站起来，"我要我儿子！"

时间到。看守人员赶紧让我们离开，贵州人也被铁栅栏那边的看守带走了。他往外走的时候一直说儿子。

当天晚上，两个中年男人来找天岫一家，一个贵州口音，另一个普通话说得好点儿的是律师，转达了贵州人的忏悔和请求。他对不起天岫一家，对不起天岫老婆和孩子；如果可能，他会尽全力筹到理想中的款额，就算能少坐一天牢，能多活一天，他也会在那一天里对天岫一家感激不尽，给菩萨烧香悔过，告慰天岫的在天之灵。他希望接下来的起诉和审判能有余地。贵州人的转变很突然，但天岫一家依旧断然否决，对两个说客说：

"滚！"

第二天下午他们又来了，一块儿来的还有天岫建筑公司的领导。他们想和天岫父母单独谈，天岫老婆去了隔壁房间收拾行李。天岫的领导建议考虑一下赔款方案。人死不能复生,但活人还得继续活下去,就算你们老两口可以凑合着过完一辈子,儿媳妇和孙子怎么办?他们的生活才刚刚开始,谁也无法最终代替他们解决可能面临的所有困难,孤儿寡母的,我们有责任、也必须冷静地、现实地为他们考虑。请两位老人家三思。天岫爸妈很清楚公司的领导在借别人的大腿搓绳子,借此减轻公司的负担,但他们不能不承认,人家在理。把贵州人枪毙十万次又如何,天岫已经被烧成了灰;他们老了,无能为力。那个下午,天岫爸爸有生以来头一回发现,他的确没有能力向孙子保证什么。老两口老泪纵横,天岫爸爸还是跟他们说:

"天岫是儿子,更是丈夫和父亲。我们没资格做这个主。"

说客们很失望。天岫老婆站在门外问:"我想知道,他怎么突然又想起这一出?"

高个子的贵州人说:"妹子你这话问着了。我是他堂哥。我堂弟昨天见到你家的娃娃,想法全变了。他真心实意地觉得对不住你们,他让这么小的娃娃没了爹。他也是个爹,儿子没了,被老婆带到了别人家。"

"他也配当爹？"天岫老婆说，眼泪又下来了，"他是个当爹的还不能耐心一分钟让我们家天岫听玉楼叫一声爸爸？"

"妹子你进来坐。"那个老实巴交的贵州汉子站起来，让出凳子，"妹子你又说着了，我都没来得及跟你们解释。我堂弟他其实是个好人。"

高个子贵州人的意思是，他堂弟人不错，就是不出趟子，不爱离家。村里像样的男人都往大城市跑，大城市有钱嘛，就他赖家里不走。窝在家里哪来的钱？他老婆就很生气，和他闹。他们没领结婚证，没领证也算老婆，有了个娃娃嘛。他老婆带着娃娃在镇上做点小生意，说只要他不出去，她就不回家。时间久了，镇上有个男人看上她，那男的手里有钱。她把电话打到邻居家，对他堂弟说：给你一分钟，是出去还是继续待在家里。他堂弟没吭声，一分钟后，电话挂了。他想说也说不了了。过两天出来消息，老婆跟别人拿了结婚证。

天岫公司的领导也被这故事吸引了，伸着脑袋问："那孩子呢？"

"当然是被他婆娘带走了。"高个子贵州人说，"我堂弟没奶,也没钱,拿什么养?"

打死天岫的贵州人在他女朋友跟别人结婚的那天,去县城买了来北京的车票。他经常做噩梦,一分钟在他梦里有了形状,是一块不断变幻的巨大陨石,从天外飞入他的院子,轰的一声,砸烂了他的房子,儿子像石子一样不知道被溅到哪里去了。他在北京西郊的工地上夜半醒来,披着衣服到工棚外独自抽烟,对每一个出来撒尿的工友都说一样的话:

"我真的不配当爹。"

6

结果是:贵州人赔偿天岫家十八万元,被判有期徒刑二十年。他对天岫爸妈千恩万谢,他希望天岫的儿子能好好成长。

还有个素描本要说一下。

我和天岫爸妈去工地整理了天岫的遗物。除了必要的衣物和生活用品,就剩下一堆书和杂志,装在一个纸箱子里。书太重，老人带回花街不方便，睹物思人更伤心，决定先存放到我这里。尘埃落定，把他们送上火车，我回到住处慢慢翻看那些书，在两本杂志之间发现一个旧作业本，很多年前学生用的那种。每张纸上都画了图，有楼房、街道、行人、汽车、大学的校门、公园里的树，等等，建筑居多。从对那些建筑的简单勾勒中，很容易判断出天岫在平面几何与立体几何上的功力，有的建筑旁边还标上了相关数据。每一张纸的眉头上都注明了时间和地点。我按时间顺序列了一张表，一目了然：过去的那些年里，天岫分别于某月某日去了某个城市，又于某月某日去了另一个城市。

2012年2月12日，小泥湾

狗叫了一天

给天空打补丁这事，只有小川干得出来。他站在我们的屋顶上，左手钉子右手锤子，往天上敲。一片云来了，他说，打上了；一架飞机经过头顶，他说，又打上了。张大川和李小红说，看，咱们儿子多聪明，就知道针和线缝不上去，往天上打补丁得用锤子和铁钉。他们站在院子里仰脸朝天上看，在北京难得的蓝天白云下，八岁的小川高举锤子和铁钉，怎么看都像一个伟岸的英雄。在他们的视野里，我也同样高大，为了保护小川的安全，我也站在屋顶上，不离小川左右。

小川是个傻子。张大川和李小红是卖水果的，每天开一辆带驾驶舱的三轮车早出晚归，苹果熟了卖苹果，橘子熟了卖橘子，西瓜熟了卖西瓜，偶尔也卖香蕉、芦柑、菠萝和梨。最贵的东西是樱桃。李小红说，不知道城里人为什么爱吃这么小的玩意儿，贵得要死，他们非叫它车厘子。小川喜欢跟着我，哪天我不出门贴小广告，张大川和李小红就会一手领着小川一手攥着两个苹果橘子，来到我们的院子里：小川，跟木鱼哥哥玩。当然，他们还会用饭盒装好小川的午饭，中午我帮着热一下。如果我的同屋行健和米箩也在，他们会多拿两个苹果或橘子。然后他们突突突发动三轮车，对口袋里装着锤子和钉子、歪着脑袋流口水的小川说：

"乖儿子，跟爸爸妈妈再见。"

我要说的不是小川，也不是张大川和李小红，更不是他们一天到晚穿行在北京的大街小巷装满各种水果的机动三轮车。我要说的是狗，张大川和李小红养来看家护院的。他们租了我们隔壁的小院，两间屋，一间住人，一间放水果，狗拴在水果屋门口，小偷小摸的进不去。我们烦死了那条狗，三轮车一响它就叫，三轮车跑远了它也叫，三轮车不知道钻到北京的哪条小巷子里时,它还继续叫。

"早晚收拾了这狗日的。"行健和米箩说。

早上狗醒得早,我们连个懒觉都睡不好。我们仨都是打小广告的,基本上是昼伏夜出,经常大清早才能爬上床,狗日的开始狂吠。如果夜里没出门,中午我们也会眯一会儿,它冷不丁来一嗓子,让你脚心都上火。早晚收拾了你个狗日的。

那天我们没出门。午饭后,我带小川在平房顶上往天上打补丁;行健在研究《周公解梦》,夜里他梦见一头面带桃花的白猪敲响了我们的房门,他开门,然后醒了;米箩在给昨天写出来的一段话分行,他觉得自己没准可以当个诗人。他们想午睡,根本睡不着,狗一直在叫。一直叫,一直叫,一直叫。不知道哪根神经搭错了。我在屋顶上都听见他们俩骂骂咧咧。三轮车地动山摇的发动机声由远及近,小川举着多少天来的同一把锤子和同一根钉子说:

"我爸,我妈。你看,是我爸我妈!"

张大川和李小红又回来了。

行健和米箩从屋里出来,对我说:"让他们把小东西带走！"

"我带他玩，不打扰你们。"

"那也不行，"行健说，"那狗日的烦死我了！"

"听着他们家狗叫，"米箩说，"还得帮他们带个傻子，没这道理。送他回去！"

三轮车停在院墙外，张大川和李小红一脸的笑，一个上午一车橘子卖光了，他们打算再装一车货。

"乖儿子，玩得高兴不？"张大川说。

李小红说："记着叫哥哥。"

我只好对他们撒了个谎，我得去一趟姑父那里，拿刚印制出来的小广告。我说陈兴多赶上时髦了，一个办假证的也整了张名片，以后我直接把他的名片到处撒就行了。所以小川我得还给他们。

张大川两口子有点不高兴，但坚持没让腮帮子挂下来。又不是别人儿子。狗还在叫。李小红把她儿子从屋顶上接下来，撇撇嘴，饭盒得还给她。"你是不是惹人不高兴了？"她小声问小川。小川歪着头扭过身看我，伸出舌头笑，说：

"哥哥喜欢我。"

他的两只眼永远对不到一个焦点上,这经常让我着急,我觉得他在跟我说话的时候看的其实是另外一个人。但我的确喜欢他,他从不说假话,想干什么就说什么,他还没学会说假话。这一点张大川不如他。张大川总在跟你说,他们两口子如何爱这个傻儿子,所以至今没有决定好是否再生一个。按政府说的,他们完全可以再生一个。"可是,再生一个小川会不高兴的。"张大川笑眯眯地说。他从李小红的手里接过儿子,掐着小川的胳肢窝,一把扔到驾驶舱里。力气够大的,我都听见小川脑袋撞到挡板上咚的一声。张大川的脸撂下来,皱着眉头低声呵斥:

"不许哭!"

车开到院子里,装满橘子、苹果和香蕉,突突突开走了。小川坐在张大川旁边,李小红坐在车帮上,屁股底下是一堆硬邦邦的苹果。狗叫得更欢了。两口子从外地来,可能跑的地方多了,口音也串了,你听不出他们说的是哪个地方的普通话。张大川没事还加几个儿化音:一群儿人排队儿买咱的果儿呢。一听这腔调行健就生气,操,丫也不撒泡尿照照,队儿队儿是他娘你丫说的吗!

他把对张大川说话方式的不满转嫁到他们家的狗身

上了。

"还叫！个狗日的！"行健说，"老子弄死你！要是条德国黑背，你叫就叫了，你他娘的连条京巴都不是，就是条土狗，你还有脸了！老子弄死你！"

说干就干，他跟米箩从屋里出来。两个人火气都挺大。不单是睡不着的问题，我怀疑《周公解梦》上的答案不太好，米箩的分行事业搞得也不太顺。把狗弄死肯定不行，太容易露馅儿了，他们俩决定折腾它，折腾一下算一下。米箩手里端着一碗吃剩下的排骨汤，因为天冷，浓郁的油汤呈半凝固状态。

"你，继续到屋顶上待着，"行健吩咐我，"听见车回来赶紧告诉我们。"

我拿了本旧书摊上淘来的《天方夜谭》爬上屋顶。

没有比屋顶上更好的看书地方了。西郊的平房和生活低伏在地面上，因为坐得高，似乎也将这个世界看得更清楚了；也因为坐得高，理解一本书比过去坐在教室里好像更容易了。我在靠近巷子边的屋顶坐下来。狗叫得更凶了，他们俩翻过了墙头。米箩夹出一截排骨扔过去，狗哼唧了两声立马不叫了。

那条狗的确没啥出奇的，一条土狗而已。皮毛只有黑白两色，现在黑不是黑，白不是白，随地乱卧，身上沾满了泥土和便溺。风餐露宿在门前简陋的狗窝里，冷惯了，一趴下就习惯性地缩成一团。我怀疑它从没吃饱过，瘦得弧形的肋骨都快戳到了皮毛之外。那狗的名字就叫"狗"。张大川和李小红招呼它也是这个字：狗。狗，过来！狗，叫什么叫！狗，死过去！个死狗！它两只前爪抓住排骨，激动得不知道怎么啃才好。行健和米箩从墙根处搬来两只小马扎，坐在旁边看着狗哆哆嗦嗦地吃那块排骨。行健还回头对我打了个响指，下午的阳光弱下来。狗的影子在地上艰难地蠕动成一团。

"先让它尝到滋味。"米箩对我说。

《天方夜谭》是本好书，尤其在屋顶上，我更觉得它是本好书，它让我迅速地从低伏在大地上的生活里跳脱出来。我随手翻，翻到哪页看哪页。

狗花了很大的力气也没能把骨头嚼碎了咽下，急得像哮喘病人一样哼哼。又舍不得那点骨头，它就翻来覆去地叼住了吐出来，吐出后又塞进嘴里。行健伸出右手食指挑了一些汤汁，放在鼻子上闻，眯缝着眼，陶醉的模样那条狗肯定看懂了，它突然安静下来，慢慢走到行健跟前，温驯地趴到地上。行健抬抬下巴，对米箩做了指示。米箩站起来，上去踹了狗一脚。那狗没反应过来，立马跳起来，刚叫了一声又安静下来，重新趴到了地上。米箩对着它屁股又来了一脚，狗再次跳起来，扭头看看米箩，叫声变成了愤怒的哼哼声，拖了一个奇怪的尾音，犹豫了五秒钟，趴下来。米箩看看行健，行健坏笑着点点头，米箩对着狗的肚子踢了第三脚。这一次狗真被弄恼了，原地又蹦又跳转了好几圈，行健和米箩本能地往后挪了挪身体和马扎。不挪也没关系，狗脖子上拴着根链子，它已经到了可以活动的最大半径。狗又叫了，但这一次叫声行健和米箩不烦，他们俩转身对我笑起来。

"你也来一下？"米箩招呼我。

"你们在干吗？"

"放心，逗狗日的玩呢。"米箩说，对着狗屁股又来了一脚。

那狗终于要被惹毛了，挣得铁链子哗啦啦响，行健及时抠了一块凝固的汤汁甩到地上，那狗一头撞过去。味道肯定很好。它用舌头把那块地面都舔干净了。吃完了，哑着嘴，缓慢地趴下来，脑袋搭在两条前腿上呜呜地叫。叫声里充满了绝望与哀求。行健把碗递给米箩，拎着马扎挪到狗身边，像亲人一样抚摸起它的皮毛，从脑袋梳理到后背，再到屁股。那狗闭上了眼。从我的角度看，行健本来打算对着它脑袋挥上一拳的，但他拳头握起来后又松开了，他可能也看见了那条狗殷勤摇动的尾巴。他再次抚摸它，从脑袋开始，到瘦削的后背和嶙峋的屁股，然后，他的手落到它的尾巴上，从尾根慢慢梳理到尾梢。他站起来。

"看看，车回来了没有？"行健问我。

我站起来，稀薄的影子铺在屋顶上，宽大又长远，一直覆盖到了屋顶的尽头。这样的下午太阳跟病人一样虚弱，打几个喷嚏力气就没了。远处是平房，再远处还是平房，也有树，再远处是一片铅笔画出来似的树梢，如同地平线，偶尔有一两座高楼，太阳随时都可能掉到高楼和树梢上。我探出脑袋往巷子尽头望，没有车，连个行人都没有，好像这北京西郊突然变成了一座空城。我对他们摆摆手。

"别看你那破《天方夜谭》了。"行健说，"就你这样，下辈子也撞不到个神话。哥让你开开眼！"

他对米箩比画了一番,接过了碗。活儿由米箩来干。他把手伸进碗里,捞了一把膏状的排骨汤汁,抹到了狗尾巴上。那狗闻到了味儿,激烈地叫起来。

"叫什么叫!"行健踹了它一脚。

狗把叫声压低,开始扭着身子去找。排骨汤汁的确很香,我在屋顶的冷风里都闻到了。一架飞机从天上经过,小川的一块补丁。几只鸽子和麻雀从半空飞过去,也是小川的补丁。如果不看小川无法聚焦的两个眼神,不看歪着的脑袋和漏口水的嘴角,你不会相信他是个傻子。他比正常人有想象力多了,比《天方夜谭》的想象力都多,谁能够想象还可以给天空打补丁呢?谁还能知道针和线是派不上用场的,只有锤子和铁钉可以?

狗在绕着圈子找自己的尾巴。拴它的铁链子一次次绊住它的腿,它急得想不起来抬脚越过链子,更想不到转过身把链子放在一边。有几次它舔到尾巴尖,从它的急迫和突然就张大的嘴巴推测,它也觉得味道好极了。这激起了它更大的食欲。

我们都见过狗咬自己的尾巴,但从没见过如此笨拙、慌乱和章法尽失的追逐。看得我们一起笑。那狗一边转着圈去舔自己尾巴，一边哼哼唧唧地叫，老是舔不到的时候它就会大声吠叫。慢慢地，它发现了窍门，它把腰部猛地一对折，嘴就很容易地够到了尾巴尖。它一下下舔光了尾巴尖上的排骨汁。

行健和米箩争论起来。显然，再往尾巴尖上抹汤汁跟直接送到狗嘴里已经没什么区别了，这么干下去一点都不好玩。两人很快达成共识，把汤汁一点点往尾巴上方抹。看它能舔到哪个位置。

汤汁抹得越往上，狗的难度就越大，它得把自己对折起来。到后来对折起来都不行，怎么都够不着。铁链子也跟着捣乱，绊得它踉踉跄跄，有一次终于被绊倒了，费了半天劲儿才把身体从对折的状态恢复过来，恨得它牙根痒痒，一口咬住铁链子摇头摆尾地撕扯。链子影响了它的发挥。行健和米箩只顾看笑话。得承认，这样的笑话难得碰上。我站在屋顶上喊：

"把链子给它解开！"

我提醒了他们。行健在地上丢了一小坨汤汁，趁狗去吃的当儿，米箩解下了狗的项圈。

新的一轮逐尾游戏开始了。膏状汤汁越抹越高。那狗摆脱了项圈和铁链子的羁绊，其实并未获得多大的自由，但它以为得到了，当真是越发努力，独自绝望地战斗。自己跟自己的较量，基本上就是一条狗的极限挑战。我不知道一个人绝望时会发出什么样的声音，那狗舔不到沾有汤汁的那一截尾巴时，发出的狂躁、滚烫的声音，有一瞬间我觉得那完全就是人声。那声音让我浑身发冷，仿佛吹过我的不是黄昏时的冷风，而是一层层一片片凉水。我觉得游戏做过头了。

冷风带过来柴油发动机的声音，我侧耳倾听，又没了。但分明又在。我想提醒行健和米箩，差不多得撤了。他们看着推磨虫一样转着圈子的狗，前俯后仰地大笑。那狗突然凄厉地叫了一声，身体以超乎想象的幅度对折了一下，它肯定也被自己弄烦了，它一口咬住了自己的尾巴。那一口咬得如此痛切，它都无法及时地撒嘴，整个身体首尾相连地原地起跳，在空中停留了两秒钟然后尖锐地摔到地上，骨头撞击地面的声音我几乎都听得见。它松开了自己的尾巴，更加凄厉地叫了一声，跳起来往院门处冲。

老式院子，院门是对开的两扇板门，张大川上了锁。因为门大，三轮车可以直接开进院子里，两扇门之间的空隙就大，但也没大到一条狗可以随随便便就跑进跑出的程度，即使它瘦得皮包骨头。在平常，那条狗肯定有这个判断力，但那天它丧失了这能力，没钻出去，一头撞在门板上。它兜回一个圈子再冲刺，撞到了另外一扇门板上。它再次兜了个圈子，从院子的另一端围墙边开始助跑，快到院子中间时起跳，借助一棵死掉多年的香椿树桩，两条前腿蹬了树桩一下，成功地越出了院子，扑通一声，骨头和肉结结实实地掼到了水泥路面上。

"快撤！"我对行健和米箩喊，"他们回来了！"

柴油发动机的声音已经进了这条巷子。张大川的三轮车，不会错。行健和米箩显然也被那条狗震住了，张口结舌半天才回过神，赶紧去翻墙。

那条狗爬起来，歪歪扭扭地跑，尽管步态像个醉汉，速度依然很快。对面刚拐进巷子里的三轮车开得意气风发，下午的水果卖得也好，一车又空了。那狗以迎接亲人的狂乱节奏飞奔向三轮车，这种举动和速度肯定超出了张大川的意料，狗快迎面撞到前轮的时候他才想起来要躲开。猛踩刹车时他扭了一下车头，三轮车翻了。狗在叫，人也在叫，有男声，也有女声。

等我从屋顶上下来跑到翻车地点，悬在半空的三轮车前轱辘早已经停止转动。那条狗瘫倒在路边，依然在叫。李小红跪在翻倒的车前号哭，她要从侧面钻进驾驶室里，敞开门的那侧车门对着夜晚即将来临的天空洞开；另一边，不知道经历过何种鬼使神差的过程，傻子小川被夹在那扇车门里，半个身子在车里，半个身子在车外；在车外的那部分身体上，卖光了水果的空三轮车的重量正一点点分摊过去。车底下一摊红黑的血曲折地流出来。

李小红声嘶力竭地叫着小川。小川一声不吭。一点声音都没有。张大川肩膀扛着三轮车的一侧，想把它掀过去，让悬空的轮子全都实实在在地落到路面上。我把肩膀凑上去，跟他一起扛。狗还在叫，声音怎么听都不像一条狗。

夜幕降临，天黑下来。从昏暗中走过来和狗一样歪歪扭扭的两个人，行健和米箩。他们也把肩膀凑了上来。我听见张大川气急败坏地说话。

"李小红，别哭了行不行？"张大川气急败坏地说，"这下咱们正好可以再要一个孩儿了！胳膊腿儿都好使儿的，脑子也好使儿的！你不用担心对不起他了！你也不用担心咱们养活儿不了了！李小红，我让你别哭了你听见儿没！"该用儿化音和不该用儿化音的地方他全用上了。

半个月后，我在一个旧书摊上乱翻，看到一本书里说，狗尾巴的作用之一，是保持身体平衡。"尤其在高速运动时，直线加速或匀速向前时，尾巴会向后伸直，转弯时会有突然的摆动，减速时会快速地画圈，相当于飞机降落时打开的减速伞。"我使劲儿想，终于清晰地看见了那个傍晚，张大川家的狗狂奔的时候，尾巴是耷拉着的，像一截破旧的鸡毛掸子。

我在旧书摊上乱翻的时候，那条狗已经死了。它不停地往门上冲，最后把自己撞死了。张大川和李小红也回了老家。他们老家在哪儿，我们都不知道。

2015年1月1日，知春里

摩洛哥王子

要不是碰上个卖唱的,这辈子我都不会关心摩洛哥在哪里。那家伙唱得真不错,嗓子一会儿像刘欢一会儿像张雨生。模仿田震《自由自在》的时候我跟上他的,那种狭窄、茫然又激越的声音,可以乱真。当然,跟上之前我给了他十块钱。给钱的时候我脸是红的。我心疼,十块钱不是小数目。但已经掏出来了,哪好意思再塞回兜里呢。我明明记得兜里有张一块的,掏出来才发现三张都是十块,要命,硬着头皮也得给人一张。他以为我脸红是因为慷慨,他就对我招手:喜欢就跟着听。他看出来我喜欢田震的歌,接下来他唱的都是田震,《执着》《干杯朋友》

《月牙泉》《未了情》。从地铁的这头唱到那头。地铁在西直门站停下,我得下车了。

他停下弹奏和歌唱,扭着身子指自己后背。他的夹克上印着五个字:摩洛哥王子。

回到平房,我跟行健说:"见着摩洛哥王子了。摩洛哥在哪儿啊?"

行健哼了一声:"我还见着西班牙王妃了呢。"

米箩已经从他的百宝箱里翻出了世界地图,旧书摊上花两块钱买的。"北非。在北非。头顶上就是西班牙。老大你太牛了,摩洛哥跟西班牙前后脚你都知道。"

"知道个屁!"行健完全是顺嘴瞎说,但误打误撞也让他的虚荣心有了点小满足,"老子看看,这摩洛哥到底在哪旮儿。"

他把地图摊在我们的小饭桌上,我把脑袋也伸过去。摩洛哥头顶上不仅有西班牙,还有葡萄牙。左边是浩瀚的大西洋,右边是阿尔及利亚。边境之南是我只在地理课本上见过的毛里塔尼亚。

我们漫无边际地谈论了一通摩洛哥。除了国名我们对这个国家一无所知,所以谈得更加充分。我们给这片抽象的国土想象出了名山大川、亭台楼阁和大得难以想象的客流量。关于摩洛哥王子,我跟行健和米箩说,真不知道他长得像不像摩洛哥人,不过鼻子倒是挺高。

聊完就洗洗睡了。很快我们就把摩洛哥和卖唱的小伙子忘到了脑后。不是记不住,是所有激动人心的事情最终跟我们都没关系。我们的生活里永远不可能出现奇迹。我们还住在北京西郊的一间平房里,过着以昼伏夜出为主的日常生活。我依然隔三岔五地出没在地铁2号线沿线,趁人不备的时候,鬼鬼祟祟地帮我办假证的姑父洪三万打小广告。行健和米箩也是,他们帮陈兴多打小广告,偶尔我们会在同一条街或者同一条地铁线上碰头。有一天傍晚,我在西直门站地铁口的背风处吃烤红薯,行健从身后拍了我的肩膀,说:

"看见你那个摩洛哥王子了。"

"那家伙是不是只有一件衣服?"米箩说。他们看见的也是那件印有"摩洛哥王子"的夹克。"他还带着个头发乱得像草窝的小女孩。他妹妹?"他们看见他的时候,他正从保温杯里倒水给一个脏兮兮的小姑娘喝。

我哪知道。

"我跟他说起你，"行健说，"他竟然记得。"

我继续吃烤红薯。行健的话你听一半就够了。

"不信？"米箩说，"我们真说起了你。说你给了他十块钱，他没想起来；说你跟着他听田震的歌，从车头听到车尾，他就一下子想起来了。他说，那个哥们儿啊，背个军用黄书包。"

看来是真的，那天我的确背着一个军用黄书包。其实那几年我背的都是这个包，就一个包。打小广告的一套家伙都装在里面：刻着洪三万电话号码的一个大印章，墨水瓶，涂墨水的板刷，印有我姑父电话的假证业务范围的名片，当然还有纸和笔，以备不时之需。能撒名片的时候撒名片，可以直接盖上个大戳的时候就盖戳，实在不行，用笔在一切可以写字的地方写上我姑父的名字和他的电话号码。

"那是他妹妹吗？"米箩又问，"穿得可不如他啊。"

我真不知道。我也只见过那家伙一次。

吃完红薯，我陪他俩在路边抽了一根烟。秋风乍起，纸片和几片树叶被吹进了地铁口。一群人走出来，像这个秋天的黄昏，有种虚弱的单薄。最后出来的是一串饱满的歌声。海面倒映着美丽的白塔，四周环绕着绿树红墙。小船儿轻轻，漂荡在水中，对，水中，迎面吹来了凉爽的风。没有吉他声，但我知道"摩洛哥王子"来了。果然，摩洛哥王子和一个扎着两个蓬乱小辫的女孩从地铁站走出来。他在教那女孩唱《让我们荡起双桨》。小女孩六七岁的样子，鼻梁不高，脸有点脏，褂子还是用北方乡村里当被面的花布做的。摩洛哥王子该有二十出头，看上去比行健和米箩大。

"你们呀——"摩洛哥王子说。

"来一根不？"行健挥挥右手夹着的中南海香烟。

摩洛哥王子笑笑，从兜里掏出一把零钱递给那小女孩，说："过马路注意安全啊。别忘了歌词。"

小女孩犹豫一下还是接着了，然后向他摆摆手："谢谢哥哥，我记着呢。"跳过马路牙子走到对面去了。

我们凑在一起抽烟，像一群不良少年。"你妹妹？"我还是问了。

"小花？不是。"摩洛哥王子抽烟的动作很熟练，"地铁里认识的。"

"她这样——干啥的？"米箩问。

"要钱的。"

"要钱的"就是"乞讨的"。地铁里有各种各样的乞讨者:残疾人;卖艺的,像摩洛哥王子这样;老人;孩子,比如那个小姑娘,叫小花?

"最近老是遇到她。"摩洛哥王子说。

"你为啥要给她钱?"米箩问。

"她说一天下来要不够数,回到家她爸会打她。"

我们都火了,这什么畜生爹!哪天逮着狗日的好好修理他一顿。

"少安毋躁。"摩洛哥王子劝我们,"我也想跟小花的爸爸谈谈,小花不让,怕谈过了挨的揍更多。你们是干啥的?"

我想告诉他我们是做小广告的,行健瞪了我一眼,说:"你叫啥名字?"

"王枫。"

"你衣服上印着个'摩洛哥王子',算啥?"

"一直想整个乐队,叫'摩洛哥王子',我是主唱。不过得慢慢来。还有吗?再来一根。"

明白了。他只是想象中的"摩洛哥王子"的主唱,或者说，是"摩洛哥王子"的"王子"。但他的广告做得好，八字还没一撇，他就把乐队名字印到衣服上了。

我们开始抽第二根烟。西直门的傍晚开始降临，在烟头掐灭的那一瞬间天黑了下来。

第二天下午我们出门比平时早，买了地铁票在2号线上乱坐，反正只要不出站，你坐多少站、坐多长时间都是一张票的钱。我们坐两站就下来，换乘下一班，直到遇上王枫。出门前我们达成共识，只是到地铁上听王枫卖唱；其实我们都心照不宣，我们都想到了"摩洛哥王子"乐队。实话实说，这么长时间以来，这是唯一一件让三个人都心动的事。昨天我们做了半夜的梦，梦见自己成为"摩洛哥王子"乐队的一员，我们和电视里、电影里、街头上那些乐队一样，演奏的演奏，唱的唱，跳的跳——成为乐队的一员，无论如何要比给办假证的洪三万和陈兴多打小广告要高雅和体面，这个我们都懂；可是，所有的乐器我们都不会，唱歌也只能瞎唱，跳舞嘛，只有行健会一段残缺不全的霹雳舞。昨天凌晨回到住处，行健扭了一段，跳不下去的时候他就翻来覆去地"擦玻璃"，那动作实在太像擦玻璃了。我们都想成为"摩洛哥王子",但我们一无所长,所以我们都不吭声,只说去看王枫唱歌吧。好,同去同去。然后我们在雍和宫那一站找到了正唱梅艳芳的《女人花》的王枫。我们抓着扶手站成一排,王枫余音袅袅地唱完最后一句"女人如花花似梦"时,我们热烈地鼓起了掌,一齐喊:

"好!"

乘客们开始掏钱。我咬咬牙,把钱塞到王枫斜挎的敞口人造革大皮包里,我看见行健和米箩放进去的也都是十块钱。

王枫继续往前走,边走边唱。从一班地铁的车头走唱到车尾,下车,换下一班。再从车头唱到车尾,再换下一班。我们跟着,鼓掌,叫好,偶尔投进去一两个硬币,实在没有太多的钱。在我们的想象里,这是整个"摩洛哥王子"乐队在前进中演出。

晚上七点钟,"摩洛哥王子"停下来,王枫说一块儿吃个饭吧,聊聊。我们都觉得好。王枫说,看看能不能碰上小花。主唱发话了,我们当然继续说好。那就一起去找。

在前门站的地铁里,看到了小花。她在车厢里慢慢走,端一只揉皱的"康师傅"方便面桶,一声不吭,见人就鞠躬,鞠完躬就眼巴巴地看着对方,直到对方往她的面桶里放了零钱,直到确定假寐的乘客再也不会给她钱,她才挪到下一个乘客面前弯下腰。

"小花。"王枫喊。

小花看见我们,抱着方便面桶颠儿颠儿地跑过来。"哥哥。"她在王枫身边停下,自然地抓住了王枫的手。

"今天够吗?"

小花对王枫摇摇头,委屈地撇了一下嘴,泪花子就出来了。

"没事,小花,先跟哥哥去吃饭。"

前门的那家馆子很小,只摆得下六张小桌子,但我们所有人都觉得味道好。家常菜怎么能做得那么别致呢,我们喝痛快了。当然小花没喝,她专心吃菜,单独给她又炒了一份芹菜炒肉丝。王枫酒量不错,行健数了数喝空的啤酒瓶子,决定还是不比下去了,真喝到底谁倒下去都不一定。我认为还是王枫酒量更大一点,因为最后是他把单买了。他非常清醒地说:"兄弟们能来听我唱歌,别说请顿饭，卖两次血我王枫都干。"临别时他还清醒地说，"就这么定了，过两天搬过去和兄弟们一起住。"出了门，夜风一吹，半瓶啤酒我就醉了。王枫清醒地拉着小花的手，说：

"小花，哥哥送你一段。"

回西郊平房的路上，我们一致认为这是一次圆满的聚会、胜利的聚会。虽然没有迅速解决加盟"摩洛哥王子"的问题，但意外地解决了王枫加盟我们的问题。他租的地下室到期了，再不续交房租就得被房东赶出来，他在犹豫。他想住在有阳光的地方，地下室的阴暗生活他受够了。行健敏锐地抓住这个机会，手一挥，好办，咱们屋里空着一张床，欢迎老兄你来！我和米箩也说，欢迎老兄你来。

进了房间，行健拍着宝来留下的那张空床，说："来了，就是咱们的人了。"

米箩说："来了，咱们就是他的人了。"

他们俩已经说得这么白了，我就不好再说什么了，我就笑笑，说："嘿嘿。"

三天后是周末，米箩翻出来一本算命的书，摇头摆尾地说,良辰吉日,宜乔迁、出行。外面响起了喇叭声,王枫已经坐着出租车到院门口了。

除了一个占地方的大吉他,就两件行李,一个旅行箱、一个蛇皮编织袋,编织袋里装着被褥和枕头。他把几本书摆到床头时,我们才知道他是正规音乐专业的毕业生,尽管那学校我们从来没有听说过,而且是个大专学校。有两本是他念书时的教材,此外都是影像和传记类的书,有讲猫王的,有讲后街男孩的,还有关于滚石乐队、魔岩三杰和黑豹乐队的。我们三个的心立马沉了下去。

按照计划,安顿好王枫就该进入下一个议程,准"摩洛哥王子"乐队狂欢一下,庆祝相互成了"自己人"。具体地说,就是我们来到院子里,王枫弹吉他主唱,我们仨跟着附和、伴奏、配舞。这两天我们去了动物园小商品批发市场,买了廉价的手鼓、笛子、葫芦丝、碰铃,米箩甚至还买了唢呐。这些乐器怎么玩,我们都不会,不会可以学啊,王枫也不是天生就会弹吉他唱歌的。我们一直认为王枫也是半路出家,碰巧了嗓子好,碰巧了模仿能力强,就唱上了;就跟地铁里天南海北来的卖唱的一样,胆子大点、脸皮厚点而已。但人家是科班出身。我们突然就自卑了，我们仨没一个完整地高中毕业的；更要命的是关于猫王、后街男孩、滚石乐队、魔岩三杰和黑豹乐队的那几本书，每一本书里的每一个人都那么洋气。即使只穿一条破破烂烂没有腰带的牛仔裤，赤着脚光着上身也那么洋气，他们怎么看都不像是我们的这个院子里可能走出去的。我们也可以留一头长发，也可以脱得只剩下一条到处是洞的牛仔裤，甚至脱得只剩一条内裤，但我们永远也成不了他们。这个想法让我们黯然神伤。趁着王枫没注意，行健把他的手鼓往床底踢了踢，米箩把盛葫芦丝的抽屉也推上了，我把笛子往被窝里塞时，被王枫看见了。

"你们怎么了？"他说，"有亲戚朋友要死了吗？"一把掀开我的被子，把笛子攥在了手中。"啥意思？"

我抓了抓脑门，"不会吹。"

"不会吹可以学啊。"

我笑笑。行健和米箩也干巴巴地笑了。

"哪个地方不对。"王枫转着脑袋把房间看了一遍。我们租的房间不大，放两张上下铺的架子床和一张偶尔兼作饭桌的破旧写字桌，剩下的地方就不多了。他绕过几双臭鞋子走了一圈，伸手拉开抽屉，葫芦丝上的假商标都没有揭掉。"你的?"他问米箩。

米箩说:"我也不会吹。"

"我也不会。"

行健拍了一下脖子,声音很大,说:"哥们儿,不绕圈子了,哥几个就想跟你凑个热闹。"他弯腰从床底下捞出手鼓,扔给了王枫。"你不是想弄一个乐队吗,哥几个给你打下手。音乐啥的咱不懂,但要出苦力的,哥们儿没问题。"

"有什么懂不懂的,凑一块儿玩呗。"王枫坐下来,把手鼓放在膝盖上,砰砰砰敲了一阵,站起来说,"要不现在就整一场?"

那肯定是有史以来最怪异的一次演出。我们站在院子里,把扫帚支在椅背上当立式的麦克风,王枫抱着吉他站在麦克风后面,边弹边唱。我们三个因为紧张和慎重,坚持站成一排,每人拿一件根本不会演奏的乐器做着样子比画,我的笛子根本就没靠上嘴。米箩的葫芦丝基本上保持在鼻子和眼之间的位置;行健倒是敲了鼓,敲得像抽风,情绪高亢时鼓声就大一点,信心不够了根本找不着声音。但我们都卖力地跟着吉他的节奏扭动了,王枫唱的是轻摇滚版的《我家住在黄土高坡》。如果谁从门外看见了,没准会觉得我们都疯了,一个个又是点头又是耸肩,一会儿挺胸一会儿撅屁股,偶尔也像癫痫发作,扭动得像条惊慌失措的虫子,全无章法。一曲终了,我们自己都笑了,笑得坐到了地上,眼泪都出来了。

"演出如何?"行健开玩笑地问。

"演出成功!"米箩说。

"合作愉快!"王枫握紧拳头举起来,"耶!"

谁都没说"乐队"演出成功,或者"乐队"合作愉快。说都没有说"摩洛哥王子"乐队。

寒气从水泥地面沿着屁股往我们身上爬。王枫先站起来,"起来了,"他说,"来日方长,如果想学,我教你们。有些乐器咱们也得一起学。"

生活在继续。我们三个还是昼伏夜出到处打小广告,王枫还是背着吉他出入地铁和车水马龙的街头卖唱,在外面碰上了,就一起吃个简单的饭。回到平房,一起聊天、吹牛、讲黄段子,爬到屋顶上看着蓬勃生长的北京城打牌喝啤酒,也会在屋顶上学习演奏乐器。我学笛子,米箩学葫芦丝，行健学手鼓和唢呐。王枫经常在屋顶上弹着吉他吊嗓子练歌，也跟我们一起学他陌生的乐器。当然也合作过，牛鬼蛇神似的一起又唱又跳。合作演出的时候通常在院子里，为的是不影响周围的邻居。如果哪天喝高兴了，也会不管不顾爬到平房的屋顶上大喊大叫大唱大跳。只要不是晚上，屋顶上的演出还是挺让邻居们开心的，生活要淡出个鸟来，难得有人在高处死皮赖脸地逗乐，他们就当看耍猴了。不管别人怎么看，音乐的确让我们的生活有了一点别样的滋味，想一想，我都觉得我的神经衰弱的脑血管也跳得有了让人心怡的节奏。

因为王枫，我们见到乞讨的小花次数也多了。他们俩没任何关系，只是王枫在地铁里卖唱遇到过小花几次，他觉得小姑娘挺可怜，买了吃的就分给她一半，天凉了，他把带的热水分一杯给小花喝，就算认识了。那是个招人疼的孩子。我们都觉得小花的爹妈太不地道了，正念书的年龄，拉出来天天让她在地铁上乞讨。但是没办法，孩子是人家的，你报了警都没用，警察也不会天天守着。这样的孩子很多，分散在北京的各个角落向过路行人要钱，鞠躬的，装残废的，背着小音箱一路播放歌曲的，也有五音不全地演唱的。前阵子新闻上说，某大学教授见到一对夫妻带八岁的儿子乞讨，责问为啥不让孩子念书，那两口子操着方言说：

"没钱怎么让他念书？"

"没钱去挣啊。"

"我们不是正在挣嘛！"

再理论下去，该父母说："你有责任心，你境界高，你给我们儿子出学费吧。"

围观的人群一阵笑，见怪不怪了。教授败下阵来。

但让我们不能容忍的是，小花的爹妈现在每天都给小花定下任务，今天要到五十，明天就五十五，后天变成六十。有一天王枫卖完唱回到平房，骂骂咧咧地说，小花的爹妈太不是东西了，给小花的定额马上涨到一百了。要不到一百，小心回家挨板子。

在那几年，一天一百块钱是个相当大的指标。

"这事好办，"行健说，"咱们先去给那对狗男女一顿板子。"

米箩说："打死丫的，看以后敢动小花一根汗毛！"

"问题是，小花死活不愿意带我去见她爸妈。"王枫点上一根烟,"也怪我,隔三岔五给小花点钱,让他们尝到甜头了。这俩孙子得锅往炕上爬,目标越定越高。"

这事还真得赖到王枫头上。头一回他见小花没要到几块钱,在地铁口哭,给了她十五块钱;第二次见她哭,给了二十块钱;第三次看她恐惧着不敢回家,又给了二十块钱;水涨船高,没平息小花的恐惧,反倒把她爹妈的胃口给吊起来了,他们相信闺女一定有能力越要越多,指标就上去了。好心办了坏事。弄得小花现在每天更不敢回家,因为指标越来越高,完全不可能完成。王枫也不能无止境地帮她填坑,坑越填越大。

"王枫,别弄得跟个知识分子似的,"行健把右脚踩到凳子上,"这事听我的。两个字:修理。得把狗日的打痛快了。"

"可咱们根本见不着她爸妈。"

米箩也把右脚踩到凳子上,"顺藤摸瓜。"

第二天傍晚,我们三个睡足了,吃了驴肉火烧,接到王枫的短信。七点,复兴门地铁站。这事没那么刺激,一个小丫头而已。我们仨平常的工作得防着警察突然袭击,基本上也练就了一套反跟踪的小能力。我们懂。倒了两次公交，我们晃晃悠悠地到了地铁口附近时，王枫和小花正在地铁口挥手再见，一个往东，一个往西。米笋把运动衫的帽子戴上，低头跟在最前面。隔二十米之后是行健，然后是我，最后是王枫。

那段路挺绕，我们几个都不记得走过哪些地方。路左，路右，顺行，逆行，过天桥，小花走得犹犹豫豫、心事重重，没事就回头看两眼。我问王枫是不是露馅儿了，他说没，因为要掐着点儿到地铁口，他催了小花，给了她三十。"我也没剩下几块了。"王枫说。

"上次你送的小花，住哪儿你总该有个差不多吧？"

"差多了。"王枫说，"也就到了复兴门地铁站，我背个身点了根烟，她就没影了。"

小花停下了，抱着膝盖在马路牙子上坐下来。头顶是盏路灯，她的影子几乎要缩到身体里。我们慢慢地向前靠近，行人和车辆不断，到处是光影，不必担心被发现。突然，她站起来横穿马路，一辆车紧急停下，尖锐的刹车声直往我脑仁子里钻。小花肯定被吓傻了，那辆奥迪A6在她两三厘米外，小花呆立在原地。王枫撒腿就跑，我跟上。小花还站在原地，王枫抱住她的时候她正浑身哆嗦。车主

擦着冷汗从车里出来,气急败坏地说:

"你这孩子,不要命啦?还有你,你们,怎么带孩子的!你们不知道我有强迫症啊,以后让我还怎么开车!"

王枫道着歉,把小花抱到了人行道上,小花抱住王枫,哇地哭出来。在路灯下我也看见了小花的眼角和右手手背是青紫的。行健和米箩也聚拢过来。

"他们会打死我的!"小花抽噎着说,"他们会打死我的!"

米箩问:"谁?"

"他们会打死我的。"

我对着行健的耳朵说:"是亲生的吗?"

行健拍了一下脖子,说:"是啊,我怎么没想到这茬儿呢!"

首要的任务是把小花送回去。小花不让送,看着她走都不行,她要看着我们先走她再走。她说离她家已经很近了。

跟踪结束。我们先离开。路上又谈到是否亲生的问题,王枫说,他也在怀疑,小花提到她爸妈时,从来都是"他们""他们"。什么样的父母才能让孩子以"他们"相称呢。

我们的担忧应验了。几天后王枫带来了真相。小花在他的诱导下终于说了实话。她在北京的"爸妈"有八个孩子，年龄从五岁到十四岁不等，除了最小的那个弟弟由"爸妈"带着在车站等公共场合乞讨，大一点的孩子都单独行动。早出晚归，自己找地方，每天的乞讨指标五十到一百不等。一大家人租住在一个两居室里，离复兴门不远，她和另外三个姐妹挤在一张地铺上睡觉。那地方小花闭着眼睛都能找到，但说不上来名字，她不认识字，"爸妈"也不打算让她念书。

"亲生的？"

"一个十一岁的姐姐和最小的弟弟是，"王枫说，"其他的都不是。"

"拐——卖？"我说得相当犹豫。这种事报纸上天天都在说，可放到你眼跟前了，你还是觉得有点远。

"被倒了好几手。"

也就是说，小花自己都不清楚她怎么就有了现在的"爸妈"，也不明白怎么就到了北京。她离开家的时候刚五岁。

"现在多大？"

"十岁。"

看着有点小。也正常，这么多年担惊受怕，吃得也不会好，肯定营养不良。

"小花记得过去的事吗？"

"记不清了。她只记得，她家里的爸爸身上有酒味，好像家里还有个弟弟。"

"哪儿人？"

"不知道。她说她好像是跟爸爸去看山，在山里。她爸身上有酒味，坐在路边的石头上，低着头。有人对她摇晃一根棒棒糖，在前面走，她就迷迷糊糊跟上去了。"

"然后呢？"

"被带走了。再然后，换了一个又一个地方，换了一个又一个人带着她，有的给她好吃的，有的打她，还不给饭吃。"

"山的名字叫啥？"

小花不记得了。王枫让她回去再想想。

过了两天，下午我们正睡觉，行健的手机响了。王枫的短信：龙虎山。查查有没有这个地方。小花模模糊糊想起这名字，好像离他们家不远。

我们立马从床上跳下来，直奔书店。三个人在海淀图书城分头查。行健找名胜古迹类，米箩找名山大川类，我翻各种地图册。差一刻晚上八点，我在江西省的地图中看到龙虎山的名字。地图右下角注：龙虎山，位于江西省鹰潭市西南二十公里处贵溪市境内。然后我们继续分头查与龙虎山相关的资料，包括周边的地理环境、风土人情、饮食习惯。凡是可能唤醒小花记忆的，我们都不放过。回到住处，王枫已经回来了，一兜子信息我们全汇总给了他。王枫想了想，没准是，小花南腔北调的普通话里的确有点湘赣的口音。

又过了两天，印证完毕，基本可以确定小花的家在江西鹰潭附近。王枫用鹰潭日常生活里最显著的特征——提醒小花，在她邈远的记忆里，部分印象缓慢地浮出水面。小花很谨慎，每透露一个信息都嘱咐王枫别说出去，以免让北京的"爸妈"知道。她想离开，但又恐惧离开，广阔的世界对她来说是个可怕的陷阱。如何帮她找到亲生父母，我们四个人每天都在商量，头发揪光了也没理出个头绪。她完全不记得村庄和父母的名字，自己原来姓什么都忘了。我们每天都谈，每天都以叹息告终。

一个周四中午，出门两个小时不到，王枫又回来了，身后跟着正在吃麦当劳的汉堡的小花，因为嘴角破了，张嘴小心翼翼，但分明又饿得不行。颧骨上有瘀青，左手手腕处也结了一块血疤，走路踮着脚，膝盖受了伤。昨天晚上被她"爸"打的。小花昨天的收成不错，回到家"爸妈"还没回来，她躺到地铺上不小心睡着了，醒来发现口袋里少了三十块钱。旁边的兄弟姐妹都摇头，"爸"就火了，一顿肥揍。

行健说："这日子没法过了。"

米箩说："先揍丫一顿再说。"

我说："还是自己家好。"

王枫问行健要了一根烟，吸得那个狠，每一口都想要了烟的命似的。"要不——"王枫说，"把小花送回鹰潭？"

王枫说得很慢，我相信这个想法把他自己也吓了一跳。不是送回去就完了，而是要替她找到亲生父母。跟大海捞针没什么两样。房间里突然安静下来，只剩下小花小口咀嚼汉堡的声音。

"小花，你想回自己的家吗？"王枫说。

小花也愣了,把我们四个人轮番看了两遍,恐惧地说:"我不知道。"

"小花别怕,跟哥哥说,"王枫把水杯端到她面前,"你想回家吗?"

"爸爸。妈妈。哥哥,我真不知道。"小花哭了。

"小花,想回家就点点头,哥哥送你回去。哥哥帮你找到爸爸妈妈。"

我们盯着小花看。小花放下汉堡,一分钟后点了点头。

"好,买了车票咱们就回!"

"想好了?"

"想好了。"

行健、米箩和我,每人拿出两百块钱硬塞给王枫,一点心意。只能做这么多了。王枫让我们别担心,一个月后准回。大不了边唱边找,他唱,小花也可以唱。这些天她学会了好几首歌,一张嘴像模像样。我们在屋顶上给王枫和小花饯行,喝啤酒,吃驴肉火烧。

我在墙上画正字,数着日子等王枫回来。一周过去。半个月过去。一个月过去。四十天过去。王枫发来短信,还在找，没想到鹰潭这么大。好消息是，小花唱得越来越好，吉他也能弹出调了，天生学音乐的料。

两个月过去。北京进入了严冬。

第十四个正字缺一画的那天，北京大雪，我和行健、米箩躲在房间里吃火锅。借来的锅，煮了三棵大白菜和六斤五花肉，我们热气腾腾地接到了王枫的电话。鹰潭肯定也很冷，所以王枫的声音很大，没按免提我们都听得见。王枫在电话里说：

"行健，米箩，木鱼，你们帮我证明一下，我是不是送小花回家的——"

鹰潭的风声很大，更大的是人声，一个暴烈的江西男声从行健的手机里冲出来："证明，拿什么证明？谁信啊！"

又一个暴烈的江西男声："跟他废什么话——"

在他的尾音里我们听见更大的风声，然后是巨大的撞击和破裂声。行健的手机发出了焦躁的、永恒的忙音。行健对着电话喂喂了半天，还是忙音。他给王枫拨回去，一个优美圆润的女声在电话里说——"您拨叫的号码不存在，请查证后再拨。"

三个月后,我们过完春节,和浩荡的返城人流一起从老家回到北京。北京重新变成一个无边无际、五方杂处的大都市。有天下午,我从洪三万那里取完他刚印制好的名片回到住处,发现院门口坐着一个穿粉红底白碎花羽绒服的小女孩。我咳嗽一声,她抬起头,是小花。

"小花,王枫呢?"

"哥哥还没回来吗?"

"找到你爸妈了吗?"

"找到了。"小花说,踢了半天门槛,"可是,我爸,他说是哥哥把我拐卖走的。"

见了鬼了,这跟王枫有个屁关系啊。但小花他爹就认准了,他说你们看,我闺女跟着他卖唱,挣的钱肯定都归他。你们不信?你们听听我闺女唱的歌,好不好?好,你们都听出来了。这么小的娃儿会唱这么多歌,得学多久啊!你们相信他是要把娃儿送回来的吗?鬼才信!你们相信世界上有这样的好人吗?看,你们不信了吧。老少爷们儿,帮个忙,把他那什么琴下了,还有钱。这样的人得送公安局去!看着长得白白净净顺顺水水的,欺负人欺负到家门口了!

在他们的村口，他们摔了王枫的手机，他们把王枫送进了派出所。王枫和小花怎么解释都不行。王枫当然要辩解，他们不听。而小花要解释，那一定是受了坏人的胁迫。整个事情在他们村里突然变得极其简单，就那么回事。肯定是那么回事。没什么好说的。

那也是小花最后一次见到王枫。

我把院门打开，小花不进。小花说："我就过来看看，"然后大哭，"我以为哥哥回来了呢。"

哥哥没回来。

过了几天，行健和米箩说，他们在地铁里看见小花了。小花在卖唱，抱着一把吉他，唱得还真像模像样。后面跟着个小个子男人，专门收钱。

"你猜那家伙是谁？"米箩问我。

"小花的亲爹。"

"你怎么知道的？"米箩说。

我可以说是我猜的吗。

"长得真他妈像，"行健说，"那塌鼻梁。"

2015年6月24日，知春里

如果大雪封门

宝来被打成傻子回了花街,北京的冬天就来了。冷风扒住门框往屋里吹,门后挡风的塑料布裂开细长的口子,像只冻僵的口哨,屁大的风都能把它吹响。行健缩在被窝里说,让它响,我就不信首都的冬天能他妈的冻死人。我就把图钉和马甲袋放下,爬上床。风进屋里吹小口哨,风在屋外吹大口哨,我在被窝里闭上眼,看见黑色的西北风如同洪水卷过屋顶,宝来的小木凳被风拉倒,从屋顶的这头拖到那头,就算在大风里,我也能听见木凳拖地的声音,像一个胖子穿着41码的硬跟皮鞋从屋顶上走过。宝来被送回花街那天,我把那双万里牌皮鞋递给他爸,他爸拎着鞋对着行李袋比画一下,准确地扔进门旁的垃圾桶里:都破成了这样。那只小木凳也是宝来的,他走后就一直留在屋顶上,被风从那头刮到这头,再刮回去。

第二天一早,我爬上屋顶想把凳子拿下来。一夜北风掘地三尺,屋顶上比水洗的还干净。经年的尘土和杂物都不见了,沥青浇过的屋顶露出来。凳子卡在屋顶东南角,我费力地拽出来,吹掉上面看不见的灰尘坐上去。天也被吹干净了,像安静的湖面。我的脑袋突然开始疼,果然,一群鸽子从南边兜着圈子飞过来,鸽哨声如十一面铜锣在远处敲响。我在屋顶上喊:

"它们来了!"

他们俩一边伸着棉袄袖子一边往屋顶上爬,嘴里各叼一只弹弓。他们觉得大冬天最快活的莫过于抱着炉子煲鸡吃,比鸡味道更好的是鸽子。"大补,"米箩说,"滋阴壮阳,要怀孕的娘儿们只要吃够九十九只鸽子,一准生儿子。男人吃够了九十九只,就是钻进女人堆里,出来也还是一条好汉。"不知道他从哪里搞来的理论。不到一个月,他们俩已经打下五只鸽子。

我不讨厌鸽子,讨厌的是鸽哨。那种陈旧的变成昏黄色的明晃晃的声音,一圈一圈地绕着我脑袋转,越转越快,越转越紧,像紧箍咒直往我脑仁里扎。神经衰弱也像紧箍咒,转着圈子勒紧我的头。它们有相似的频率和振幅,听见鸽哨我立马感到神经衰弱加重了,头疼得想撞墙。如果我是一只鸽子,不幸跟它们一起转圈飞,我肯定要疯掉。

"你当不成鸽子。"行健说,"你就管掐指一算,看它们什么时候飞过来,我和米箩负责把它们弄下来。"

那不是算,是感觉。像书上讲的蝙蝠接收的超声波一样,鸽哨大老远就能跟我的神经衰弱合上拍。那天早上鸽子们的头脑肯定也坏了,围着我们屋顶翻来覆去地转圈飞。飞又不靠近飞,绕大圈子,都在弹弓射程之外,让行健和米箩气得跳脚。他们光着脚只穿条秋裤,嘴唇冻得乌青。他们把所有石子都打光了,骂骂咧咧下了屋顶,钻回热被窝。我在屋顶上来回跑,骂那些混蛋鸽子。没用,人家根本不听你的,该怎么绕圈子还怎么绕。以我丰富的神经衰弱经验,这时候能止住头疼的最好办法,除了吃药就是跑步。我决定跑步。难得北京的空气如此之好,不跑浪费了。

到了地上，发现和鸽子们的关系发生了变化。它们其实并非绕着我们的屋顶转圈，而是围着附近的几条巷子飞。狗日的，我要把你们彻底赶走。这个场景一定相当怪诞：一个人在北京西郊的巷子里奔跑，嘴里冒着白气，头顶上是鸽群；他边跑边对着天空大喊大叫。我跑了至少一刻钟，一只鸽子也没能赶走。它们起起落落，依然在那个巨大的圆形轨道上。它们并非不怕我，我在地上张牙舞爪地比画，它们就飞得更快更高。所以，这个场景也可以被看成是一群鸽子被我追着跑。然后我身后出现了一个晨跑者。

那个白净瘦小的年轻人像个初中生，起码比我要小。他低着头跟在我身后，头发支棱着，简直就是图画里的雷震子的弟弟。此人和我同一步调，我快他快，我慢他也慢，我们之间保持着一个恒定不变的距离，八米左右。他的路线和我也高度一致。在第三个人看来，我们俩是在一块追鸽子。如果在跑道上，即使身后有三五十人跟着你也不会在意，但在这冷飕飕的巷子里，就这么一个人跟在你屁股后头，你也会觉得不爽，比三五十人捆在一起还让你不爽。那感觉很怪异，如同你在被追赶、被模仿、被威胁，甚至被取笑，你有一种莫名其妙的不洁感。反正我不喜欢，但他呼哧呼哧的喘气声让我觉得，这家伙也不容易，不跟他一般见识了。如果我猜得不错，他那小身板也就够跑两千米，多五十米都得倒下。他要执意像个影子黏在我身后，我完全可以拖垮他。但我停了下来。跑一阵子脑袋就舒服了。过一阵子脑袋又不舒服了。所以我自己也摸不透什么时候就会突然撒腿就跑。

第二天，我从屋顶上下来。那群鸽子从南边飞过来了，我得提前把它们赶走。行健和米箩嫌冷，不愿意从热被窝里出来。我迎着它们跑，一路嗷嗷地叫。它们掉头往回飞，然后我觉得大脑皮层上出现了另一个人的脚步声。如果你得过神经衰弱，你一定明白我的意思：我们的神经如此脆弱，头疼的时候任何一点小动静都像发生在我们的脑门上。我扭回头又看见昨天的那个初中生。他穿着滑雪衫，头发变得像张雨生那样柔软，在风里颠动飘拂。我把鸽子赶到七条巷子以南，停下来，看着他从我身边跑过。他跟着鸽群一路往南跑。

行健和米箩又打下两只鸽子。它们像失事的三叉戟一头栽下来，在冰凉的水泥路面上撞歪了嘴。煮熟的鸽子味道的确很好，在大冬天玻璃一样清冽的空气里，香味也可以飘到五十米开外；我从吃到的细细的鸽子脖还有喝到的鸽子汤里得出结论，胜过鸡汤起码两倍。天冷了，鸽子身上聚满了脂肪和肉。

如果我是鸽子，牺牲了那么多同胞以后，我绝对不会再往那个屋顶附近凑；可是鸽子不是我，每天总要飞过来那么一两回。我把赶鸽子当成了锻炼，跑啊跑，正好治神经衰弱。反正我白天没事。第三次见到那个初中生，他不是跟在我后头，而是堵在我眼前；我拐进驴肉火烧店的那条巷子，一个小个子攥着拳头，最大限度地贴到我跟前。

"你看见我的鸽子了吗？"他说南方咬着舌头的普通话。看得出来，他很想把自己弄得凶狠一点儿。

"你的鸽子？"我明白了。我往天上指，"那群鸽子快把我吵死了。"

"我的鸽子又少了两只！"

"要是我的头疼好不了，我把它们追到越南去！"

"我的鸽子又少了两只。"

"所以你就跟着我？"

"我见过你。"他看着我,突然有些难为情,"在花川广场门口,我看见那胖子被人打了。"

他说的胖子是宝来。宝来为了一个不认识的女孩,在酒吧门口被几个混混儿打坏了脑袋,成了傻子,被他爸带回了老家。他说的"花川广场"是个酒吧,这辈子我也不打算再进去。

"我帮不了你们,"他又说,"自行车腿坏了,车笼子里装满鸽子。我只能帮你们喊人。我对过路的人喊,打架了,要出人命啦,快来救人啊。"

我一点儿想不起听过这样咬着舌头的普通话。不过我记得当时好像是闻到过一股热烘烘的鸡屎味,原来是鸽子。他这小身板的确帮不了我们。

"你养鸽子?"

"我放鸽子。"他说,"你要没看见……那我先走了。"

走了好,要不我还真不知道怎么跟他说少了的七只鸽子。七只,我想象我们三个人又吃又喝打着饱嗝,的确不是个小数目。

接下来的几天,在屋顶上看见鸽群飞来,我不再叫醒行健和米箩;我追着鸽群跑步时,身后也不再有人尾随。

我知道我辜负了他的信任,我不知道他是不是也明白这一点。因为不安,反倒不那么反感鸽哨的声音了。走在大街上,对所有长羽毛的、能飞的东西都敏感起来,电线上挂了个塑料袋我也会盯着看上半天。

有天中午我去洪三万那里拿墨水,经过中关村大街,看见一群鸽子在当代商城门前的人行道上蹦来蹦去,那鸽子看着眼熟。已经天寒地冻,年轻的父母带着孩子还在和鸽子玩,还有一对对情侣,露着通红的腮帮子跟鸽子合影。这个我懂,你买一袋鸽粮喂它们,你就可以和每一只鸽子照一张相。我在欢快的人和鸽子群里看见一个人冰锅冷灶地坐着,缩着脑袋,脖子几乎完全躲进了大衣领子里。这个冬天的确很冷,阳光像害了病一样虚弱。他的头发柔顺,他的个头小,脸白净,鼻尖上挂着一滴清水鼻涕。我走到他面前,说:

"一袋鸽粮。"

"是你呀!"他站起来,大衣扣子碰掉了四袋鸽粮。

很小的透明塑料袋,装着八十到一百粒左右的麦粒,一块五一袋。我帮他捡起来。旁边是他的自行车和两个鸽子笼,落满鸽子粪的飞鸽牌旧自行车靠花墙倚着,果然没腿。他放的是广场鸽。我给每一只鸽子免费喂了两粒粮食。他把马扎让给我,自己铺了张报纸坐在钢筋焊成的鸽子笼上。

"鸽子越来越少了。"他说,又把脖子往大衣里顿了顿。

"你冷?"

"鸽子也冷。"

这个叫林慧聪的南方人,竟然比我还大两岁,家快远到了中国的最南端。去年结束高考,作文写走了题,连专科也没考上。当然在他们那里,能考上专科已经很好了。考的是材料加半命题作文。材料是,一人一年栽三棵树,一座山需要十万棵树,一个春天至少需要十三亿棵树,云云。挺诗意。题目是《如果……》。他不管三七二十一,上来就写《如果大雪封门》。说实话,他们那里的阅卷老师很多人一辈子都没看见过雪长什么样,更想象不出什么是大雪封门。他洋洋洒洒地将种树和大雪写到了一起,不知道从哪里找来的逻辑。在阅卷老师看来,走题走大了。一百五十分的卷子,他对半都没考到。

父亲问他:"怎么说?"

他说:"我去北京。"

在中国,你如果问别人想去哪里,半数以上会告诉你,北京。林慧聪也想去,他去北京不是想看天安门,而是想看冬天下大雪是什么样子。他想去北京也是因为他叔叔在北京。很多年前林家老二用刀捅了人,以为出了人命,吓得当夜扒火车来了北京。他是个养殖员,因为跟别人斗鸡斗红了眼,顺手把刀子拔出来了。来了就没回去,偶尔寄点钱回去,让家里人都以为他发达了。林慧聪他爹自豪地说,那好,投奔你二叔,你也能过上北京的好日子。他就买了张火车站票到了北京,下车脱掉鞋,看见双脚肿得像两条难看的大面包。

二叔没有想象中那样西装革履地来接他,穿得甚至比老家人还随意,衣服上有星星点点可疑的灰白点子。林慧聪吸溜两下鼻子,问:"还是鸡屎?"

"不,鸽屎!"二叔吐口唾沫到手指上,细心地擦掉老头衫上的一粒鸽子屎,"这玩意儿干净!"

林家老二在北京干过不少杂活儿,发现还是老本行最可靠,由养鸡变成了养鸽子的。不知道他走了什么狗屎运，弄到了放广场鸽的差事。他负责养鸽子，定时定点往北京的各个公共场所和景点送，供市民和游客赏玩。这事看上去不起眼，其实挺有赚头，公益事业，上面要给他钱的。此外还可以创收，一袋鸽粮一块五，卖多少都是你的。鸽子太多他忙不过来，侄儿来了正好，他给他两笼，别的不管，他只拿鸽粮的提成，一袋他拿五毛，剩下都归慧聪。吃喝拉撒衣食住行慧聪自己管。

"管得了吗？"我问他。我知道在北京自己管自己的人绝大部分都管不好。

"凑合。"他说，"就是有点儿冷。"

冬天的太阳下得快，光线一软人就开始往家跑。的确是冷，人越来越少，显得鸽子就越来越多。慧聪决定收摊，对着鸽子吹了一曲别扭的口哨，鸽子踱着方步往笼子前靠，它们的脖子也缩起来。

慧聪住七条巷子以南。那房子说凑合是抬举它了，暖气不行。也是平房，房东是个抠门的老太太，自己房间里生了个煤球炉，一天到晚抱着炉子过日子。她暖和了就不管房客，想起来才往暖气炉子加块煤，想不起来拉倒。慧聪经常半夜迷迷糊糊摸到暖气片，冰得人突然就清醒了。

他提过意见，老太太说，知足吧你，鸽子的房租我一分没要你！慧聪说，鸽子不住屋里啊。院子也是我家的，老太太说，要按人头算，每个月你都欠我上万块钱。慧聪立马不敢吭声了。这一群鸽子，每只鸽子每晚咕哝两声，一夜下来，也像一群人说了通宵的悄悄话，吵也吵死了。老太太不找碴儿算不错了。

"我就是怕冷。"慧聪为自己是个怕冷的南方人难为情，"我就盼着能下一场大雪。"

大雪总会下的。天气预报说了，最近一股西伯利亚寒流将要进京。不过天气预报也不一定准，大部分时候你也搞不清他们究竟在说哪个地方。但我还是坚定地告诉他，大雪总要下的。不下雪的冬天叫什么冬天。

完全是出于同情，回到住处我和行健、米箩说起慧聪，问他们，是不是可以让他和我们一起住。我们屋里的暖气好，房东是个修自行车的，好几口烧酒，我们就隔三岔五送瓶"小二"给他，弄得他把我们当成亲戚，暖气烧得尽心尽力。有时候我们懒得出去吃饭，他还会把自己的煤球炉借给我们，七只鸽子都是在他的炉子上煮熟的。

"好是好，"米箩说，"他要知道我们吃了他七只鸽子怎么办？"

"管他！"行健说，"让他来，房租交上来咱们买酒喝。还有，总得给两只鸽子啥的做见面礼吧？"

我屁颠儿屁颠儿到七条巷子以南。慧聪很想和我们一起住，但他无论如何舍不得鸽子，他情愿送我们一只老母鸡。我告诉他，我们三个都是贴小广告的。小广告你知道吗？就是在纸上、墙上、马路牙子上和电线杆子上印上一个电话，如果你需要假毕业证、驾驶证、记者证、停车证、身份证、结婚证、护照，以及这世上可能存在的所有证件，拨打这个电话，洪三万可以满足你的一切要求。电话号码是洪三万的。洪三万是我姑父，办假证的，我把他的电话号码刻在一块山芋或者萝卜上；一手拿着山芋或者萝卜，一手拿着浸了墨水的海绵，印一下墨水，往纸上、墙上、马路牙子上和电线杆上盖一个戳。有事找洪三万去。宝来被打坏头脑之前，和我一样都是给我姑父贴广告的。行健和米箩也干这个，老板是陈兴多。

"我知道你们干这个，昼伏夜出。"慧聪不觉得这职业有什么不妥，"我还知道你们经常爬到屋顶上打牌。"

没错，我们晚上出去贴广告，因为安全；白天睡大觉，无聊得只好打牌。我帮着慧聪把被褥往我们屋里搬，他睡宝来那张床。随行李他还带来一只褪了毛的鸡。那天中午，行健和米箩围着炉子，看着滚沸的鸡汤吞咽口水，我和慧聪在门外重新给鸽子们搭窝。很简单，一排铺了枯草和棉花的木盒子，门打开，它们进去，关上，它们老老实实地睡觉。鸽子们像我们一样住集体宿舍，三四只鸽子一间屋。我们找了一些石棉瓦、硬纸箱和布头把鸽子房包挡起来，防风又保暖。要是四面透风，鸽子房等于冰箱。

那只鸡是我们的牙祭，配上我在杂货店买的两瓶二锅头，汤汤水水下去后我有点晕，行健和米箩有点燥，慧聪有点热。我想睡觉，行健和米箩想找女人，慧聪要到屋顶上吹一吹。他很多次看过我们在屋顶上打牌。

风把屋顶上的天吹得很大，烧暖气的几根烟囱在远处冒烟，被风扯开来像几把巨大的扫帚。行健和米箩对屋顶上挥挥手，诡秘地出了门。他们俩肯定会把省下的那点钱用在某个肥白的身子上。

"我一直想到你们的屋顶上，"慧聪踩着宝来的凳子让自己站得更高，悠远地四处张望，"你们扔掉一张牌，抬个头就能看见北京。"

我跟他说,其实这地方没什么好看的,除了高楼就是大厦,跟咱们屁关系没有。我还跟他说,穿行在远处那些楼群丛林里时,我感觉像走在老家的运河里,一个猛子扎下去,不露头,踩着水晕晕乎乎往前走。

"我想看见大雪把整座城市覆盖住。你能想象那会有多壮观吗?"说话时慧聪辅以宏伟的手势,基本上能够观古今于须臾、抚四海于一瞬了。

他又回到他的"大雪封门"了。让我动用一下想象力,如果大雪包裹了北京,此刻站在屋顶上我能看见什么呢?那将是白茫茫一片大地真干净,将是银装素裹无始无终,将是均贫富等贵贱,将是高楼不再高、平房不再低,高和低只表示雪堆积得厚薄不同而已——北京就会像我读过的童话里的世界,清洁、安宁、饱满、祥和,每一个穿着鼓鼓囊囊的棉衣走出来的人都是对方的亲戚。

"下了大雪你想干什么?"他问。

不知道。我见过雪,也见过大雪,在过去很多个大雪天里我都无所事事,不知道自己想干什么。

"我要踩着厚厚的大雪,咯吱咯吱把北京城走遍。"

几只鸽子从院子里起飞,跟着哗啦啦一片都飞起来。

超声波一般的声音又来了。"能把鸽哨摘了吗？"我抱着脑袋问。

"这就摘。"慧聪准备从屋顶上下去，"带鸽哨是为了防止小鸽子出门找不到家。"

训练鸽子习惯新家，花了慧聪好几天时间。他就用他不成调的口哨把一切顺利搞定了。没了鸽哨我还是很喜欢鸽子的，每天看它们起起落落觉得挺喜庆，好像身边多了一群朋友。但是鸽子隔三岔五在少。我弄不清原因，附近没有鸽群，不存在被拐跑的可能。我也没看见行健和米箩明目张胆地射杀过，他们的弹弓放在哪儿我很清楚。不过这事也说不好。我和他们俩替不同的老板干活儿，时间总会岔开，背后他们干了什么我没法知道；而且，上次他们俩诡秘地出门找了一趟女人之后，就结成了更加牢靠的联盟，说话时习惯了你唱我和。慧聪说他懂，一起扛过枪的，一起同过窗的，还有一起嫖过娼的，会成铁哥们儿。好吧，那他们搞到鸽子到哪里煮了吃呢？

慧聪不主张瞎猜，一间屋里住的，乱猜疑伤和气。行健和米箩也一本正经地跟我保证，除了那七只，他们绝对没有对第八只下过手。

我和慧聪又追着鸽子跑。锻炼身体又保护小动物，完全是两个环保实践者。我们俩把北京西郊的大街小巷都跑遍了，鸽子还在少，雪还没有下。白天他去各个广场和景点放鸽子，晚上我去马路边和小区里贴小广告，出门之前和回来之后都要清点一遍鸽子。数目对上了，很高兴，仿佛逃过了劫难；少了一只，我们就闷不吭声，如同给那只失踪的鸽子致哀。致过哀，慧聪会冷不丁冒出一句：

"都怪鸽子营养价值高。我刚接手叔叔就说，总有人惦记鸽子。"

可是我们没办法，被惦记上了就防不胜防。你不能晚上抱着鸽子睡。

西伯利亚寒流来的那天晚上，风刮到了七级。我和行健、米箩都没法出门干活儿，决定在屋里摆一桌小酒乐呵一下。石头剪刀布，买酒的买酒，买菜的买菜，买驴肉火烧的买驴肉火烧；我们在炉子上炖了一大锅牛肉白菜，四个人围炉一直喝到凌晨一点。我们根据风吹门后的哨响来判断外面的寒冷程度。门外的北京一夜风声雷动，夹杂着无数东西碰撞的声音。我们喝多了，觉得世界真乱。

第二天一早慧聪先起，出了屋很快进来，拎着四只鸽子到我们床前，苦一张小脸都快哭了。四只鸽子，硬邦邦地死在它们的小房间前。不知道它们是怎么出来的，也不知道它们出来以后木盒子的门是如何关上的。喝酒之前我们仔细地检查了每一个鸽子房，确信即使把这些鸽子房原封不动地端到西伯利亚，鸽子也会暖暖和和地活下来的。但现在它们的确冻死了，死前啄过很多次木板小门，临死时把嘴插进了翅膀的羽毛里。

"你听见他们起夜没？"我问慧聪。

"我喝多了，睡得跟死了一样。"

我也是。我担保行健和米箩也睡死了，他们俩的酒量在那儿。那只能说这四只鸽子命短。扔了可惜，米箩建议卖给我们煮了吃。我赶紧摆手，那几只鸽子我都认识，如果它们有名字，我一定能随口叫出来，哪吃得下。慧聪更吃不下，他把鸽子递给行健和米箩，说，随你们，别让我看见。然后走到院子里，蹲在鸽子房前，伸头看看，再抬头望望天。

拖拖拉拉吃完了早饭，已经十点半，慧聪驮着他的两笼鸽子去西直门。行健对米箩斜了一下眼，两人把死鸽子装进塑料袋，拎着出了门。我远远地跟上去。我知道西郊很大，我自以为跑过了很多街巷，但跟着他们俩，我才知道我所知道的西郊只是西郊极小的一部分。北京有多大，北京的西郊就有多大。

拐了很多弯，在一条陌生的巷子里，行健敲响了一扇临街的小门。这是破旧的四合院正门边上的一个小门，一个年轻的女人侧着半个身子探出门来，头发蓬乱，垂下来的鬓发遮住了半张白脸。她那件太阳红的贴身毛衣把两个乳房鼓鼓囊囊地举在胸前。她接过塑料袋放到地上，左胳膊揽着行健，右胳膊揽着米箩，把他们摁到自己的胸前，摁完了，拍拍他们的脸，冷得搓了两下胳膊，关上了门。我躲到公共厕所的墙后面，等行健和米箩走过去才出来。他们俩在争论，然后相互对击了一下掌。

我对他们俩送鸽子的地方的印象是，墙高，门窄小，墙后的平房露出一部分房顶，黑色的瓦楞里两丛枯草抱着身子在风里摇摆。听不见自然界之外的任何声音。就这些。

谁也不知道鸽子是怎么少的。早上出门前过数，晚上睡觉前也过数，在两次过数之间，鸽子一只接一只地失踪了。我挑不出行健和米箩什么毛病，鸽子的失踪看上去与他们没有丝毫关系，他们甚至把弹弓摆在谁都看得见的地方。宝来在的时候他们就不爱带我们俩玩，现在基本上也这样，他们俩一起出门，一起谈理想、发财、女人等宏大的话题。我在屋顶上偶尔会看见他们俩从一条巷子拐到另外一条巷子，曲曲折折地走到很远的地方。当然，他们是否敲响那扇小门，我看不见。看不见的事不能乱猜。

鸽子的失踪慧聪无计可施。"要是能揣进口袋里就好了，"他坐在屋顶上跟我说，"走到哪儿我都知道它们在。"不怕贼偷就怕贼惦记，越来越少是必然的，这让他满怀焦虑。他二叔已经知道了这情况，拉下一张公事公办的脸，警告他就算把鸽子交回去，也得有个差不多的数。什么叫个差不多的数呢？就眼下的鸽子数量，慧聪觉得已经相当接近那个危险而又精确的概数了。"我的要求不高，"慧聪说，"能让我来得及看见一场大雪就行。"当时我们头顶上天是蓝的，云是白的，西伯利亚的寒流把所有脏东西都带走了，新的污染还没来得及重新布满天空。

天气预报为什么就不能说说大雪的事呢。一次说不准，多说几次总可以吧。

可是鸽子继续丢，大雪迟迟不来。这在北京的历史上比较稀罕，至今一场像样的雪都没下。慧聪为了保护鸽子几近寝食难安，白天鸽子放出去，常邀我一起跟着跑，一直跟到它们飞回来。夜间他通常醒两次，凌晨一点半一次，五点一次，到院子里看鸽子们是否安全。就算这样，鸽子还是在丢。与危险的数目如此接近，行健和米箩都看不下去了，夜里起来撒尿也会帮他留一下心。他们劝慧聪想开点儿，不就几只鸽子嘛，让你二叔收回去吧，没路走跟我们混，哪里黄土不埋人。只要在北京，机会迟早会撞到你怀里。

慧聪说："你们不是我，我也不是你们；我从南方以南来。"

终于，一月将尽的某个上午，我跑完步刚进屋，行健戴着收音机的耳塞对我大声说："告诉那个林慧聪，要来大雪，傍晚就到。"

"真的假的，气象台这么说的？"

"国家气象台、北京气象台还有一堆气象专家，都这么说。"

我出门立马觉得天阴下来，铅灰色的云在发酵，看什么都觉得是大雪的前兆。我在当代商城门前找到慧聪时，他二叔也在。林家老二挺着啤酒肚，大衣的领子上围着一圈动物的毛。"不能干就回家！"林家老二两手插在大衣兜里，说话像个乡镇干部，"首都跟咱老家不一样，这里讲究适者生存、优胜劣汰。"慧聪低着脑袋，因为早上起来没来得及梳理头发，又像雷震子一样一丛丛站着。他都快哭了。

"专家说了，有大雪。"我凑到他跟前，"绝对可靠。两袋鸽粮。"

慧聪看看天，对他二叔说："再给我两天。就两天。"

回去的路上我买了二锅头和鸭脖子。一定要坐着看雪如何从北京的天空上落下来。我们喝到十二点，慧聪跑出去五趟，一粒雪星子都没看见。夜空看上去极度的忧伤和沉郁，然后我们就睡了。醒来已经上午十点，什么东西抓门的声音把我们惊醒。我推了一下门，没推动，再推，还不行，猛用了一下劲儿，天地全白，门前的积雪到了膝盖。我对他们三个喊：

"快,快,大雪封门!"

慧聪穿着裤衩从被窝里跳出来,赤脚踏入积雪。他用变了调的方言嗷嗷乱叫。鸽子在院子里和屋顶上翻飞。这样的天,麻雀和鸽子都该待在窝里哪儿也不去的。这群鸽子不,一刻也不闲着,能落的地方都落,能挠的地方都挠,就是它们把我们的房门抓得刺刺啦啦直响。

两只鸽子歪着脑袋靠在窝边,大雪盖住了木盒子。它们俩死了,不像冻死,也不像饿死,更不像窒息死。行健说,这两只鸽子归他,晚上的酒菜也归他。我们要庆祝一下北京三十年来最大的一场雪。收音机里就这么说的,这一夜飘飘洒洒、纷纷扬扬,落下了三十年来最大的一场雪。

简单地垫了肚子,我和慧聪爬到屋顶上。大雪之后的北京和我想象的有不小的差距,因为雪没法将所有东西都盖住。高楼上的玻璃依然闪着含混的光。但慧聪对此十分满意,他觉得积雪覆盖的北京更加庄严,有一种黑白分明的肃穆,这让他想起黑色的石头和海边连绵的雪浪花。他团起一颗雪球一点点咬,一边吃一边说:

"这就是雪。这就是雪。"

行健和米箩从院子里出来,在积雪中曲折地往远处走。鸽子在我们头顶上转着圈子飞,我替慧聪数过了,现在还勉强可以交给他叔叔,再少就说不过去了。我们俩在屋顶上走来走去,脚下的新雪蓬松温暖。我告诉慧聪,宝来一直说要在屋顶上打牌打到雪落满一地。他没等到下雪,不知道他以后是否还有机会打牌。

我也搞不清在屋顶上待了多久,反正肚子饿得咕噜咕噜叫。那会儿行健和米箩刚走进院子。我们从屋顶上下来,看见行健拎着那个装着死鸽子的塑料袋。

"妈的,她回老家了。"他说,脚对着墙根儿一阵猛踹,塑料袋哗啦啦直响,"他妈的回老家等死了!"

米箩从他手里接过塑料袋,摸出根烟点上,说:"我找个地方把鸽子埋了。"

2011 年 12 月 17 日,知春里

兄弟

寻找孪生兄弟的少年从两军对垒的中间地带走过，在杀声震天之前，对左右两队人马各看了一眼。月光正好，我躲在人群里，看见他转向我们一边时，梦幻般地笑了一下。

一个星期以前，他从南方某个城市来到北京，下火车，背着双肩包，走走停停，最终落脚到我们隔壁的院子，和几个江西来的卖盗版光盘的住在了一起。本来他想跟我们合租。宝来被打成傻子回了花街，两张高低床就空出一个床位，但行健和米箩借口最近有老乡要来，没答应。哪有什么老乡，他俩就是看他不放心，聊完后就把人家打发走了。

"你看他那眼神,"行健对着我半眯一双眼,"迷离吗?"我点点头。"像个神经病吗?"米箩问我。我也点头。必须承认,行健学得很像,他的大眼睛合上一半,立马山远水远,恍恍惚惚如在梦中。

他们断定这家伙有毛病。想想也是,正常人谁会到北京来找另一个自己。开始他跟我们说,还有一个叫戴山川的人活在这世上,就在北京。我们说,当然,只要不是稀奇古怪的名字,两千多万人里肯定能抓到几个同名的。不,戴山川纠正我们,不仅同名同姓,他跟我是同一个人。我、行健和米箩仨人后背上的汗毛瞬间竖了起来。同一个人!戴山川眯起了眼,目光幽幽地放出去,像一只翅膀无限延长的乌鸦飞过城市的上空,从北京西郊一直飞到了朝阳区,再往前,飞到了通州。当时我们坐在屋顶上,这是我们能够给客人提供的最高礼遇。我们希望他能睡到宝来的那张空床上,这样就可以把每个人的房租从三分之一降低到四分之一。

"看,这就是北京。"行健在屋顶上对着浩瀚的城市宏伟地一挥手,"在这一带,你找不到比这更好的房子了。爬上屋顶，你可以看见整个首都。"

戴山川慢悠悠地点头，"嗯，我一定能在这里找到戴山川。"

"你确定要找的是戴山川？"我问。

"不是戴山河？"行健问。

"或者戴山水？"米箩说。

"不是。"戴山川自信地笑了笑。后来我们一致认为，不管从哪个角度看，他笑得都有点诡异阴森。戴山川一边笑一边说，"我要找的就是另一个自己。"

接下来他坐在屋顶上我们唯一的一把竹椅子里，跟我们讲他要找的那个戴山川。他是看着那个戴山川的照片长大的。他从口袋摸出一张揉皱了的五寸照片，一个白白胖胖的男孩咧着嘴傻笑，可能一岁都不到，顶着一头稀疏柔软的黄毛。"戴山川。"他说。然后从另一个口袋又摸出一张照片，十岁左右的男孩，人五人六地穿着一身花格子小西装，双手掐腰继续傻笑，为拍照临时梳了一个三七开的分头。他说："我。"

"戴山川。"我说。那个不到一岁的小东西八九年后变成了花格子西装，又过了六七年，小西装和我们一起坐在了黄昏时分北京的屋顶上。不会错,看得出来的。

"我。"

"你就是戴山川。"行健说。

"他是他,我是我。"

"戴山川就是你。"米箩说。

"我是另一个他,他是另一个我。"

有点乱。

行健先觉得问题不对的,他指着飞过头顶的一群鸽子说:"狗日的打下来一只吃吃。"

我和米箩一起追着鸽子看。但戴山川的目光依然像乌鸦一样宽阔地滑翔,鸽群不在他眼里。他坚持要跟我们说说另一个戴山川的事。

事情其实很简单,我们可能都经历过。小时候不听话,父母就会说,早知道不要你了,要另外一个了。另外哪一个呢?另外一个"我",或者我的"兄弟"或"姐妹"。在父母的叙述中,那个"我"或者我的"兄弟姐妹",因为养不起,因为不听话,因为某些其他原因,送人了。现在他们后悔了,因为我们让他们很头疼。必须承认,这一招挺好使,年少时我们的小神经都绷不住,担心真有个谁掉头杀回来,穿上我们的衣服,戴上我们的帽子和手套,端了我们的茶杯和饭碗,抢了父母给我们的爱,代替我们活在这世上,于是乖乖地做回个好孩子。这种玩笑式的骗局也就管用那么几年,大一点再怎么编派我们都不信了。大人肯定也觉得编下去很无聊,又转回到最好使的方法上:简单粗暴型责骂。但是戴山川跟我们不一样,他是家里独子,爷爷奶奶、外公外婆、爸爸妈妈、叔叔婶婶、舅舅姑妈,一大群人供着这么一个宝贝疙瘩,哪舍得动粗的,连假想敌都舍不得给他树立成别人。这个世界上,能与他竞争的只有他自己。一岁不到,他不好好吃饭,爷爷奶奶指着一张镶在精美相框里的大照片(就是他掏给我们看的五寸照片的放大版)说:

"认识吗,这是谁?"

戴山川指指自己。

爷爷奶奶摇摇头,"不是这里的你,是在北京的你。"

戴山川晃晃悠悠走到穿衣镜前,要钻进镜子里把自己找出来。

他不好好睡觉,爸爸妈妈也指着那张大照片给他看。

"再不睡,咱们换了那个戴山川回来吧。"

戴山川赶紧闭上眼。

只要家里人往相框里一指,戴山川立马老实。戴山川说,很多年里,他最怕的人不是父母,不是老师,也不是班上抽烟打架的男同学和马路上游手好闲的流氓阿飞,而是墙上的那个自己。他怕到了恨的程度。那个远在北京的自己,他是他最大的敌人。那张照片拍得很立体,不管从哪个角度看,两只眼睛都在盯着你。小小的戴山川用眼睛余光扫一下相框,在北京的那个自己就警醒地注意到了,搞得年幼的戴山川被迫成了整个小区最听话的孩子。进了学校,他也是好学生典型,老师一次次要求大家向他看齐。他想过把照片给毁掉,不敢明目张胆地下手,装作不小心碰掉了相框,玻璃碎了。母亲倒没怎么批评他,拿去装潢店重新镶了一个更漂亮的相框,还挂在原处。父亲说,别再乱碰了啊。

后来,他终于长大到明白镜框里的那个小孩不过是父母管教和要挟他的借口,因为那个戴山川一直停留在不到一岁的模样,而他一天天长大了。但他发现自己已经离不开他了。这么多年,他只有他自己这一个朋友。没有兄弟姐妹，从学校回家，同龄的玩伴都没有，家里人怕他被人欺负，怕他出去跟孩子们疯玩影响学习，怕跑步摔倒了，怕他跟别人争执时打架。他只能跟墙上的自己玩。他跟相框里的戴山川说：

"戴山川，你好。"

他又代戴山川回答："你也好，戴山川。"

"戴山川你吃了吗？"

他再自己答："我吃了，戴山川。你呢？"

"我也吃了。你知道《登鹳雀楼》这首诗吗？"

"我还会背呢。白日依山尽，黄河入海流。欲穷千里目，更上一层楼。"

"爸妈今天早上吵架了，你知道为什么吗？"

"天热了呗。"

"晚上又吵了。"

"因为空调没修好。"

"老师下午批评我了，说我不团结同学。"

"那是因为你有我这样的朋友。"

"没错，你说得对。"

没错，相框里的戴山川成了戴山川的朋友。他喜欢跟他说话，他也习惯了想象一个也叫戴山川的自己，如何在一个陌生但十分有名的城市生活。他是最好的朋友，也是唯一的朋友。他一个人在家，从不觉得孤独；或者说，学会和另一个自己交流以后，就不再觉得孤独了。

"没准你真有个双胞胎兄弟呢？"我提醒他。

"要是有个双胞胎兄弟，"行健说，"这事我倒还能理解一点。但另一个自己，咳咳，听着都瘆得慌。"

"除非你有精神分裂症。"米箩说。

"我也想过，"戴山川坐在我们的屋顶上，把那张五寸旧照片翻来覆去地看，"但我爸妈说，他们只生了我一个孩子。一个人在世上，会不会真有自己的分身呢？"他从兜里又掏出一张照片，显然是他刚拍的，"比如，你们在北京见过一个长得像这样的人吗？"

行健打了个哆嗦，撇撇嘴。"不行了，憋得不行。我得上厕所了。"

他要从屋顶上下来。米箩也跟着下，我也站起来。北京是个大地方，的确什么稀奇古怪的事都可能发生，但这事可能性很小。

"我还没说完呢。"戴山川说。

"不用说完了。"行健已经下到了地上，"空床位暂时不租了，这几天我们老乡要来借住，是不是啊你们俩？"

我和米箩说："嗯，是。"

事情就这么结束了。我把戴山川送出门，朝隔壁努努嘴，"那边应该还有空床位，你去试试？"

第二天早上我头疼病犯了，在街巷里跑步，经过隔壁敞开的院门，听见有人含混地嗨了一声。我停下，伸头往里看，戴山川蹲在水龙头边刷牙，满嘴泡沫地对我摆摆手。

那段时间我们的活儿都停了，小广告不能再贴了。那是"城市牛皮癣"，警察见了抓，城管见了也抓，环卫工人见了也要追着你跑。其他游街串巷的小商贩，开三轮车卖水果的，摆摊卖盗版光盘的，办假证的，地铁口卖唱的，推小车街头巷口摊煎饼果子、炸火腿肠、卖切糕、卖豆浆稀饭包子盒饭的，四处游荡卖笛子、二胡、葫芦丝的，也都老老实实地蹲在出租屋里了。没有人说不许出去，但你要出去那就是找死。全北京都在整顿。听说要开重要会议。

忙着挣钱时,大家相安无事,有矛盾有竞争也没时间掰扯;现在闲下来,有问题解决问题,没事的也相互找个碴儿,吵嘴的吵嘴,打架的打架,反正都不能让光阴虚度了。开始还是单挑,谁有矛盾谁解决,文的武的都行;后来就乱了,以武为主,谁有矛盾一大群人都上。一个篱笆三个桩,谁还没有几个哥们儿朋友。当然,事情开始也可能只是起因于一两个人之间的冲突,后来雪球越滚越大,逐渐分出了派别。反正我差不多看明白的时候,已经每天都有一两场群架了。一个地方的老乡结成伙,职业相近的一群也拉成帮;今天上午我找你的事,晚上就变成了你寻我的麻烦。刚开始都还节制,只用拳头和身体,后来逐渐抄上了家伙,棍棒、铲煤的铁锹、通炉子的火钳,还有年轻人防身的匕首和九节鞭,有的菜刀和炒菜铲子也拿出来了。家伙都挺亮眼,在月亮地里闪闪发光,但真打起来,大家还是知道深浅的。开战之前,双方的带头大哥都提醒自己的队伍:出门在外,都悠着点,一家老小都眼巴巴地看着咱们呢。所以,尽管西郊那段时间事情不断,也伤了几个,但基本都没走原则,打群架更像是个集体游戏,成了清闲无聊时日里的调剂。不得不承认，打架还是挺激动人心的，每天早上醒来，我们一帮游手好闲的家伙都像打了鸡血。

行健和米箩块头大，一身的火气都憋成了脸上紫红的青春痘，这种事肯定不会错过。每天他俩出征前，轮番把房东家里的各种能充当武器的家伙都操练一遍，然后像打虎的武松那样提着出门。我胆小，偶尔跟在江浙一派的队伍里起起哄，充其量是个啦啦队员；真打起来，很惭愧，我就躲到墙角和树根下了，整个人哆嗦成一团。关键是那时候头疼。神经衰弱面对那种场面会突然暴发，我跟自己的脑袋做斗争的精力都跟不上。这种时候，我最常干的就是撒开腿就跑。不是逃跑，是长跑，只有跑步才能振奋我衰弱的神经。

那天晚上，戴山川从两军对垒之间梦游般地穿过，我躲在老乡们的后面。战斗一触即发，我听见脑袋里有一种明晃晃的声音从远处蛇行而至，头疼马上要开始。我拍着脑袋对行健说：

"不行了，我得跑。"

"跑吧跑吧，"行健握着房东留下来的一根油漆剥落的棒球棍，已然进入一级战备状态，"就没指望过你。"

我敲打着太阳穴，后退，像个逃兵，跑步穿过月光下的巷子。跑到"花川广场"酒吧那条街，遇上戴山川。他借着月光和路灯光看每一家店铺的橱窗和广告牌。我停下来，我都听得出来自己声音里的嘲讽：

"还在找你自己？"

"我就转转。"戴山川一点都不像在开玩笑，"如果真有另一个我生活在北京，那我得把这个城市好好看清楚。"

还不在频道上。"你就没想过你爸妈从小就在骗你？"

"我知道。那又有什么关系？"他笑眯眯地把盯着橱窗的目光转向我，"我们需要另外一个自己。你想想，如果还有另一个你，想象出他的一整套完整的生活，多有意思！我从小就想，那一个我，我一定要看看他是怎么生活的。"

不在一个频道上。我又问："你不是瞒着家人逃学来北京的吧？"

"我爸妈知道。他们说，好吧，出门看看也好。"

好吧。这一家人都不在频道上。

"你就没想过,这世界上还会有另一个自己?或者,你还有一个孪生兄弟?而你和你的孪生兄弟正好被互换了名字,你其实是作为你的孪生兄弟生活在这里,而你,现在正由你的孪生兄弟代替着生活在另外一个地方。"

有点绕。跑了两条街刚刚缓解一点的头疼又加重了。我脑子有问题,他比我的还严重。"我没兄弟,只有一个姐姐。"

"如果有呢?"他很认真地提醒我,"再想想。"

没有如果,我对他摆摆手。跑步是治疗神经衰弱的唯一方法,别的只能加重病情。他还要提醒,我已经跑到了"花川广场"的另一边。

"如果有呢?"他提醒鸭蛋,"再想想,你爸妈没说过?"

鸭蛋抱着小腮帮子歪着头想。"有!"他开心地拍着巴掌,"我妈妈说,我要再哭,她就把所有好吃的都给我弟弟。"

"你妈妈说过你弟弟在哪儿了吗?"

鸭蛋撇撇嘴,"没有,我妈妈就说,长得跟我差不多。"

他把鸭蛋从小板凳上拉起来,"走,我带你去看看你弟弟长什么样。"

我站在屋顶上,看见戴山川牵着鸭蛋的小手出了隔壁的院子。

鸭蛋四岁,河南人老乔的儿子。乔什么不知道,他和老婆带着鸭蛋在北京卖鸡蛋灌饼,每天一大早推着车子到地铁口或者公交站台边,一个鸡蛋灌饼两块五毛钱,多要一个鸡蛋就再加一块。上班的年轻人来来往往,一个早上能卖几百个灌饼。顺带还卖杯装的稀饭和豆浆。两口子一个在平底锅上加热头一天晚上做好的饼、煎出一个个焦黄的鸡蛋,一个卖豆浆、稀饭连带收钱。鸭蛋早上起不来,被锁在家里,不必早早出门的房客顺便帮着照应一下。

老乔一家住在戴山川租住的院子里。区别在于,戴山川和几个卖盗版碟的挤在正房里,老乔一家租住的是院子里单盖的一间屋。西郊租户多,是个房子就走俏,很多房东都在院子里搭建简易房。单砖跑到顶,楼板封盖,再苫上石棉瓦,风雨不怕,就是冬冷夏热。就这样也抢手,便宜，一家人单独租一间，倒也清静。老乔就租了隔壁院子里唯一的一间简易房。

鸭蛋不叫鸭蛋，因为脑袋长出了鸭蛋形，老乔两口子又卖鸡蛋灌饼，大家就叫他鸭蛋。叫多了，老乔两口子也跟着叫鸭蛋，本来的名字大家就给忘了。鸭蛋肯定是独生子，这我敢肯定。老乔说过，能养活一个就不错了，再超生二胎，这几年的鸡蛋灌饼就白卖了，也凑不上那罚款。

老乔带老婆一早推着车子出门了，想找个安全的地方。远点无所谓，整天闲着做不了生意，他们心里急。鸭蛋留在家里跟一帮闲人玩。现在，戴山川把鸭蛋带出了院子。

我在屋顶的太阳底下打了个瞌睡，也就二十分钟，戴山川和鸭蛋回来了。鸭蛋手里举着一张大照片对我喊：

"木鱼哥哥，你看，我弟弟！"

什么弟弟，就是鸭蛋自己。这个戴山川是真能忽悠，带鸭蛋去了趟照相馆，就给他捡来个弟弟。那张照片拍得还算讲究，摄影师给鸭蛋换了身时髦的小衣服，衬衫、领结，还有件挂着怀表的小马甲，鸭蛋装成弟弟，两只手有模有样地插在裤兜里。

我走到屋顶边缘，跟戴山川说："你这不是祸害鸭蛋吗。"

"怎么是祸害？"戴山川说，"鸭蛋多孤单，整天一个人锁家里，咱们得给他找个伴儿。"

听得我倒是心头一热。小时候我出疹子，不能见风，又怕传染别人，父母就把我锁在屋里，无聊得我跟闹钟和暖水瓶都聊起了天。我就问鸭蛋：

"鸭蛋，那你告诉哥哥，你弟弟叫什么名字？"

"鸡蛋！"鸭蛋自豪地说，"我叫鸭蛋，我弟弟叫鸡蛋！"

好吧。千万别再给他找个哥哥，要不鸡鸭鹅齐了。"鸭蛋，你弟弟跟你长得真像啊。"

"那当然，"鸭蛋举着照片对我挥动，"鸡蛋是我弟嘛。"

必须说，鸡蛋对鸭蛋起到了效果。这是戴山川跟我说的，老乔两口子请他吃了两个鸡蛋灌饼，外加一杯绿豆粥。那段时间绿豆粥价钱上去了。有专家说，绿豆包治百病，超市里的绿豆价翻了三番还是供不应求。老乔说，鸡蛋太好使了，只要一指贴在墙上的鸡蛋，鸭蛋立马听话，该吃时吃，该喝时喝，该睡觉睡觉。一个人待着也不吵不闹，脸对脸跟鸡蛋说话，弟弟长弟弟短，那个亲热劲儿，搞得他老婆都想再生一个娃了。

此言应该不虚，那段时间老乔和他老婆的确没找我帮过忙，要在过去，隔三岔五早上我都得跑过去，看看鸭蛋睡醒了没有。

出大事了。没擦枪也会走火，出了人命。周六下午又有一场大战，双方人数都过了三十，抄着家伙，那场面有点壮观。械斗之前照例是舌战。两边对骂时，一辆货车开过来，嘀嘀嘀喇叭声摁得急，大家本能地就紧急往后退。前面的挤后面，后面的继续往后挤。有人被推倒了，侧身倒在一把锄头上。锄头是房东过去在院子里开荒种菜时用的，房子租出去后，锄头就放在杂物间里，被打群架的搜了出来。为了让武器更具有威慑力，持锄头的家伙特地把锄头打磨了一番，明晃晃亮闪闪，能当镜子照，锋利自不必说。寸就寸在，当时持锄人拄着锄柄，锄刃自然就朝上，倒下的胖崔脖子直直就撞了上去，动脉和气管一起切断了。一群人围上来，眼见着胖崔像上了岸的鱼一挺再挺，脖子底下直往外冒血泡，呼噜呼噜只有出气没有进气的声音把大家吓坏了，搓着手干着急。有胆大的上来捂住他伤口，旁边的人赶紧打120。120到时，胖崔已经死了。

那天我没在现场。戴山川带着鸭蛋爬上了我们的屋顶，一个跟我讲另一个戴山川，一个跟我讲鸡蛋。戴山川说，他游走在人群里，看着一张张千差万别的脸，觉得这世界真是神奇。既然有那么多不同的脸，一定也会有一张跟他一样的脸，他相信长着那张脸的戴山川一定也会在茫茫人海里寻找他。这么一想，他就觉得他跟这个世界有了无穷多的联系，对面走过来的每一个人，都可能是另一个自己。他觉得自己像一环不可或缺的扣，被织进了一张大网里。

"你确信真有另一个自己？"

"这样的感觉不好吗？"他说，"鸭蛋都喜欢上了他的弟弟。"

"嗯，我天天跟弟弟说话。"鸭蛋真是给戴山川长脸，他手舞足蹈地说，"我弟弟可乖了，给他糖都不吃，还要给我大白兔。"

我对戴山川说："恭喜你，这么快就找到传人了。"

戴山川对我挤着眼笑。这时候行健和米箩跌跌撞撞跑回来了。进了门米箩就朝屋顶上喊：

"你崔哥去了——"

"哪个崔哥？"我问。

"胖崔！"行健喊起来。

"去做臭鳜鱼了？"我真没想到米箩还能这么文雅地称呼死亡。我能想到的崔哥就是那个安徽来的胖厨子，做一手好菜，尤其臭鳜鱼。自备的料，在他的出租屋里做，吃得我舌头差点咽进肚子里。

"死啦！"行健的声音都变了。他亲眼看见崔哥血尽气绝，他被吓着了。

在人海里找到一个跟自己长得一模一样的人不容易，一个人说死就死也同样不容易啊，但胖崔的确死了。行健和米箩一屁股坐在院子里，我坐在屋顶上一时半会儿也站不起来。我们都吃过崔哥的臭鳜鱼，喝过他熬的母鸡汤。他说，徽菜的特点就七个字：盐重，腐败，有点黄。"腐败"的是臭鳜鱼，"有点黄"的是老母鸡汤。他那么认真的一个人，说到"有点黄"脸都红了。

问题是，胖崔跟谁都没有过节儿，他只是碰巧那天休息,被同宿舍练摊儿给手机贴膜的老乡拉过来凑数的。

出了人命大家就清醒了,原来这么玩下去也很危险,几支队伍没人招呼就自动解散了。但事情才刚刚开始。一直想整顿城乡接合部的社会治安和闲杂人等,这回逮到了机会。先是半夜三更突击检查暂住证,无证游民一律遣送回老家;接着清查周边的旧房危房和违章建筑,安全设施不达标者一律不得出租,限期加固整改或拆除。以安全的名义,又解决了一部分不安定因素,因为外来者的租住环境多半都有问题。真有深仇大恨的人也打不起来了,没那个心思:被遣送的遣送,被驱赶的驱赶,想留下的赶紧找门路,剩下的烧香拜佛,自求多福。

我们三个半夜被砸开门,手电筒直接照到被窝里。我穿着背心裤衩从箱子里摸出暂住证。米箩记错了地方,箱子里找不到翻包,包里没摸着又去掏衣服口袋,最后在床头柜里翻出来,找到了还被踹了一脚,说他浪费时间太多。

在我们找暂住证的同时,隔壁院子里鸭蛋在哭。另一拨人进了老乔的门,鸭蛋被半夜三更闯进来的陌生人吓哭了。老乔应该是和他们发生了争执，为此还得罪了那些人。我们听见老乔老婆穿着拖鞋噼里啪啦地往外跑，跟在他们后面说：

"你们千万别生气，他真不是那个意思。"

"哪个意思也没用！"一个硬邦邦的男声说，"跟房东说，最迟后天中午。没得商量。"

这个最后通牒指的啥，我们都没深究，没时间。天不亮周围就乱了，收拾的收拾，搬家的搬家，有门路的赶紧投亲靠友。那两天不断有人过来告别。听那些资深的北漂前辈说，好几年没见过这么大规模的清查了。到了"后天"，推土机轰隆隆开到西郊，我们才明白通牒要干什么：强行拆除违建房。从西边的巷子一家家往这边推。每一间违建房都推倒，他们知道指不上房东，谁舍得对自己的摇钱树下手。老乔第二天一早就跟房东打电话，房东咬着舌头说，雷声大雨点儿小，哥们儿啥场面没见过，小Case啦，放一万个心住。但推土机开进了路西的巷子，老乔两口子扛不住了，开始收拾家当。还没收拾完，推土机就从宽阔的院门开进来了。

推房子是大事，我们都去看热闹。戴山川和那群卖盗版碟的也都在，没事干，都猫在家里。那天晚上戴山川差点挨了揍，他算一个刚来不久的观光客，火车票可以做证，但他跟纠察队说明来京理由时，把一个队员给惹毛了。我是纠察队我也毛，什么叫"找另一个自己"？这小子分明在耍他，那队员警棍都举起来了。戴山川发现跟他们讲不清，只好说，来北京是找一个失散多年的兄弟。纠察队说，早他妈这么说不就结了？还找"另一个自己"，跟老子拽什么鸟文。拆房队的队长一挥手，推土机直接开到老乔的东山墙下。老乔老婆说，还有几样东西，再给五分钟。队长竖起右手食指和中指：两分钟。然后盯着手表看。

老乔两口子这才真正慌起来，穿着拖鞋往房间里跑，出来的时候拖拖拉拉抱了一大堆，抓到手里的全往外扔，恨不得把床也抢救出来。队长弯下食指和中指，对推土机的司机示意，时间到，开始。推土机司机加了一下油门。鸭蛋突然大叫：

"鸡蛋！鸡蛋！"

在场的都蒙了，鸭蛋叫唤什么鸡蛋？反正我是一下子没反应过来。

鸭蛋哭喊起来："鸡蛋！我要鸡蛋！我要鸡蛋弟弟！"

他说的是贴在床头的照片。我想冲进去，但推土机的黑烟已经冒出来，开始怒吼着往前推了，我赶紧收住脚。一个人冲进房间，是戴山川。滞后没超过三秒，推土机已经杵到墙上。司机没看见有人进去，因为嘭嘭嘭嘭巨大的机器噪音，他听清楚我们大喊停下和有人时，踩刹车已经来不及了。我们看见老乔一家住的简易房子在左右晃动几秒之后，轰隆隆倒塌了。

连司机都傻眼了。除了鸭蛋还在哭叫他的弟弟鸡蛋，所有人都呆若木鸡。戴山川没出来。

那一段时间的确很长，相当之长。尘烟拔地而起。很多人的下巴都挂在胸前，迟迟没能合上。我们就看着那一堆废墟。一间简陋的房子，连废墟都单薄，石棉瓦、楼板和碎砖头纠缠堆积在一起。司机吓得推土机也憋熄了火。院子里只剩下鸭蛋的哭喊和风声。我确信时间是有声音的，我几乎能够听见时间正以秒针的速度咔嚓咔嚓在走。废墟寂静。然后，寂静的废墟突然发出了一点声响，我们中间谁叫了一声。尘烟稀薄，我们都看见碎砖头哗啦又响一声，一只手从砖头缝里一点点拱出来，一张皱巴巴的照片出现在废墟上。

鸭蛋挣脱母亲，边跑边喊："弟弟！"

2017年12月10日，安和园

图书在版编目 (CIP) 数据

北京西郊故事集 / 徐则臣著. — 北京：北京十月文艺出版社，2020.1
ISBN 978-7-5302-2001-6

Ⅰ.①北… Ⅱ.①徐… Ⅲ.①短篇小说—小说集—中国—当代 Ⅳ.①I247.7

中国版本图书馆CIP数据核字 (2019) 第 205889 号

北京西郊故事集
BEIJING XIJIAO GUSHIJI
徐则臣 著

出　　版	北京出版集团公司
	北京十月文艺出版社
地　　址	北京北三环中路6号
邮　　编	100120
网　　址	www.bph.com.cn
发　　行	新经典发行有限公司
	电话（010）68423599
经　　销	新华书店
印　　刷	北京盛通印刷股份有限公司
版　　次	2020年1月第1版
	2020年11月第3次印刷
开　　本	787毫米×1092毫米 1/32
印　　张	7.75
字　　数	110千字
书　　号	ISBN 978-7-5302-2001-6
定　　价	42.00元

质量监督电话　010-58572393
如有印装质量问题，由本社负责调换。

版权所有，未经书面许可，不得转载、复制、翻印，违者必究。